AF435717

Catalogación en la publicación – Biblioteca Nacional de Colombia

González García, Iván Antonio, 1962-
    Locos por Martina / Iván González García ; ilustrado por Federico Neira. -- Bogotá : Editorial Magisterio, 2014.
    p. : il. – (Colección Oso de Anteojos)

    Incluye datos biográficos del autor al final del texto.
    ISBN 978-958-20-1184-0

    1. Novela colombiana - Siglo XXI I. Neira, Federico, il.
II. Título III. Serie

CDD: Co863.5 ed. 23   CO-BoBN– a955884

Locos, por MARTINA

Iván González García

ILUSTRADO POR: FEDERICO NEIRA

Colección Oso de Anteojos

LOCOS POR MARTINA

© Iván González García, 2015

© Cooperativa Editorial Magisterio, 2015
Diagonal 36bis no 20-70
PBX: 0571-3383605
Bogotá, D.C. Colombia
www.magisterio.com.co

ISBN: 978-958-20-1184-0

Edición: Darío Ayarza
Diseño e ilustración: Federico Neira

Para Dayi, mi hija, con amor; y para sus amigas.
Para los maestros que soportaron mi adolescencia.
Para los adolescentes que me soportaron como maestro

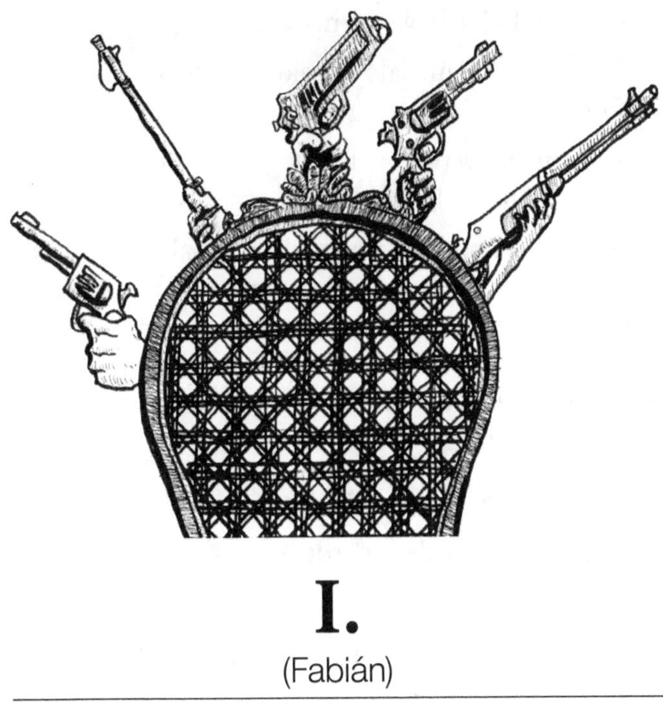

I.

(Fabián)

La luz tenue de finales de la tarde entraba por la ventana, dejando ver solo la sombra de los muebles y de las macetas que estaban volteadas en el piso blanco y brillante, atravesadas en la sala del apartamento, como si fueran las trincheras de un campo de batalla. En el grupo de cinco niños y una niña discutíamos con algarabía en un lenguaje que casi no lograba entenderse. Uno de nosotros le jaló de repente el cabello a otro y este salió a corretearlo por todo el apartamento, pero cuando estaba a punto de alcanzarlo, con evidente intención de golpearle, Alejo, el más alto, gritó con voz autoritaria.

—¡Alto! El juego va a empezar.

—Pero es que me jaló el pelo —replicó
Jorge Luis.

—El que no venga ya, no juega —contestó
Alejo, dándole la espalda.

Todos regresamos de inmediato a la sala sin chistar, sacamos nuestras pistolas de juguete y nos acomodamos detrás de los elementos que hacían de trincheras, dispuestos a arrastrarnos por el suelo, como los soldados en una guerra. Solo Martina, la única mujer del grupo, no obedeció.

—¿Qué pasa? —inquirió Alejo.

—Que no estoy de acuerdo.

—¿Con qué?

—Con que él le jale el pelo a Jorge Luis y no le
pase nada, no es justo.

—¿Y qué quieres que haga?

—No sé…, que se deje jalar el pelo también, o
que le pida perdón…, pero merece un castigo.

—¡Yo perdón no pido! Mi papá me enseñó
que un hombre de verdad nunca pide perdón,
prefiero que me jale el pelo, pero no tan duro…
¡Como yo se lo jalé!

Manuel le puso la cabeza a Jorge Luis quien le jaló el cabello con fuerza, en medio de la burla de todos.

—¡Esta me la pagas! —lo amenazó en voz baja.

—¡Al suelo! —gritó Alejo, sin darle más importancia, y el juego se inició. Todos caímos detrás de las supuestas trincheras y empezamos a reptar como si nos escondiéramos de alguien.

Poco a poco nos empezamos a levantar y a caminar con sigilo pegados a las paredes. Había oscurecido. Alejo volvió a gritar con la misma autoridad:

—¡Al suelo!

Todos obedecimos con rapidez y nos escondimos detrás de los muebles y macetas.

—¿Que fue eso? —preguntó Rafita, el más pequeño del grupo, creyéndose el cuento.

Debe ser él que anda cerca —respondió Alejo, metiéndose en la película.

—¿Él? —preguntaron, Jimmy y Ricardo, con un susto que parecía verdadero.

—¿Quién, mi teniente? —preguntó Martina con voz y actitud varonil.

—¡El enemigo! —contestó Alejo.

—¿El enemigo? —respondimos en coro y sacando las cabezas por encima de las trincheras, como si se tratara de una obra de teatro mil veces ensayada con la maestra. Ahora la oscuridad era total en la sala del apartamento y apenas lográbamos vernos los rostros.

—Pero no hay ningún enemigo —dije.

—¿Y cómo lo sabes?

—Porque no lo veo.

—¿Acaso lo conoces?

—¿A quién?

—Al enemigo.

—¿Conocerlo? ¿Y para qué?

—Para qué va a ser, tonto, para dispararle.

—¿Y si no lo conocemos cómo vamos a dispararle? —, volvió a preguntar Martina.

—Es verdad —dijo Ricardo—, yo tampoco lo conozco.

—¿Y él?

—¿Qué? —preguntamos todos.

—¿Nos conoce?

—No, tampoco nos conoce —contestó Alejo con desesperación—, estamos en igualdad de condiciones.

—O sea que ¿vamos a matar a alguien a quien no conocemos y nos puede matar alguien que no nos conoce?

—Así es la guerra —dijo Alejo.

—Este es un juego estúpido —alegó Martina.

—Es que este no es un juego para mujeres —le respondió Manuel con fastidio—. Pero salgamos de aquí, que nos pueden matar.

—Shiiiis… Sí, pero hagan silencio que nos pueden escuchar —dijo Alejo con tono de suspenso—. No se ve a nadie, pero debe estar cerca. Esto es sospechoso… ¡Adelántese, soldado! —ordenó, señalando a Manuel.

—¿Yo? ¿Y para qué? —replicó este, aun estaba molesto por la jalada de pelo.

—Para localizarlo —respondió Alejo, sin salirse de la lógica del juego.

—Pero, ¿por qué yo? —preguntó Manuel.

—¡Porque yo lo ordeno! —dijo Alejo con toda la fuerza de su mando, pero sin gritar y agregando con una sonrisa de televisión—. ¡Soy el teniente!

—¿Y por qué siempre el teniente tienes que ser tú? —inquirió con rabia y con cierta maldad Manuel, mirando y buscando respuestas y apoyo en los otros.

—Porque siempre ganamos por mí —respondió con tranquilidad Alejo, mirando a los demás— Fíjate… Ayer hice dos goles, el otro día bateé un jonrón con las bases llenas y fui el único que se atrevió a reclamar la pelota que cayó en el patio de la señora Lola… ¡De manera que andando!

—Pero, ¿por qué yo y no otro? —insistió Manuel.

—¿Acaso no dices que eres el más valiente? —le contestó Martina en tono de burla.

—Pero, ¿tengo que ir solo? ¿Por qué no me

acompaña ella? —respondió.

—Porque a mí no me lo han ordenado y…

—¿O será porque eres una mujercita?

—¡Está bien ya! ¡Van los dos! —ordenó Alejo.

—¡A las trincheras! —gritó alguien y todos caímos de nuevo detrás de los muebles.

—A mí no me metas el pie —chilló Martina, levantándose de inmediato como un resorte—, casi me parto el brazo.

—¿Ah no? ¿Y quién me lo va a impedir?, ¿tú? —le preguntó Manuel con cara de malhechor.

Nos quedamos en silencio, incluso Alejo que era tan grande y tan fuerte. Nadie podía creer que le estuviera hablando así a una niña. De repente, me oí decir con terror.

—Yo…

Todos me miraron con asombro.

—¿Qué?

—Yo te lo voy a impedir —agregué con temeridad, pues Manuel era mayor que yo, mucho más grande y tenía fama de peleador.

La oscuridad ya era total.

—¡Te voy a reventar!… —escuché que dijo su voz en la penumbra.

—Es que a una mujer no se toca ni con el pétalo de una rosa —le respondí sin verlo, cuando sentí una trompada en uno de mis ojos.

Solté mis manos y mis piernas con desesperación tratando de defenderme en la oscuridad y de inmediato todo fue gritos y confusión. Se armó una gran trifulca de puños y patadas en la que nadie sabía quién era quién. De repente, la puerta se abrió sorpresivamente de par en par y la luz se encendió. Nos tiramos al piso buscando resguardarnos tras las trincheras.

—Pero, ¿qué ocurre aquí?, ¿qué significa todo esto? Parece un campo de batalla.

Todos quedamos tirados en el piso, congelados por un instante como una fotografía, hasta que por fin, comprendiendo lo que ocurría, fui capaz de levantarme con temor y contestar:

—Solo jugábamos, papá, solo jugábamos.

—¡Me recogen todo esto de inmediato! —aulló mamá asombrada.

Martina me miró con una sonrisa de complicidad y agradecimiento que nunca más pude olvidar.

II.

(Alejo)

La distinguí apenas la vi aparecer en la puerta del salón de clases, era ella, Martina, la única niña que jugaba con nosotros cuando éramos chicos. Solo que ya era una adolescente. Miró el salón con desconcierto, el profesor no había llegado y el aula parecía un manicomio de muchachos desesperados por contar sus increíbles aventuras durante las vacaciones que acababan de terminar. Ese día todos tenían un cuento fantástico que contar, y los que no, se lo inventaban para impresionar. Ella se veía muy bonita, algo flacuchenta tal vez, pero con ese cabello rubio y que recogía en dos graciosas colitas y le brillaban como el cobre y esa mirada valiente y censuradora. Así la recordaba desde la época en que jugábamos a la guerra en la casa de Fabián y ella, siendo la única mujer y un simple soldado dentro del juego, desafiaba mis órdenes de teniente de ese batallón imaginario. La mirada era la misma. Parecía como si nos estuviera calificando a todos de tontos y de inmaduros con solo mirarnos. Sentí vergüenza ajena por el comportamiento de mis compañeros.

—Hola —le dije acercándome con emoción—. Bienvenida.

—Hola —me contestó sonriendo con agrado—. ¿Este es séptimo B?

—Sí —le dije señalando hacia el pupitre que estaba ubicado al lado de mi puesto—. Mira, te puedes sentar allí… Está desocupado.

Me sonrió agradecida.

—Me llamo Martina, ¿y tú?

—¿No me recuerdas? —le pregunté un poco decepcionado.

—No, no…, tu cara me es familiar, pero no recuerdo de donde…

—En Crespo, ¿te acuerdas? En la casa de Fabián… Jugábamos juntos…

—¡Ah sí! ¡Ya sé! —gritó como adivinando—. ¿El teniente? Tú eras el teniente…

—Alejo.

—Pero tú eras un poco…

—Mayor que ustedes… Sí, lo que ocurre es que tuve que dejar de estudiar un año…

Se puso roja y bajó la mirada como con vergüenza por lo que creyó que era una metida de pata, pero se repuso de inmediato y empezamos a rememorar recuerdos de cuando estábamos pequeños. Vivíamos en el mismo barrio y creíamos que el mundo era de nosotros.

—¿Te acuerdas de Fabián, verdad? Estudia en este mismo colegio, está en octavo, aun somos amigos. Nosotros nos tuvimos que mudar, mi papá tuvo problemas en el trabajo… Parece que le hicieron algo feo, que nunca he entendido y él no me ha querido explicar, dizque para no me llene de veneno, porque, según dice, vivir envenenado por el rencor es algo muy maluco.

Casi se muere de la tristeza… Por eso me retiraron del colegio, nos tocó trabajar a todos. Mi papá, con mucho esfuerzo, montó una floristería y mi mamá empezó a coser para sus antiguas amigas de barrio.

—Debe ser ella la que le está cosiendo los vestidos a mi mamá desde que volvimos a Cartagena —dijo Martina.

—Sí, creo que la he visto en mi casa. Pero no sabía que…

—Regresamos hace algunos meses. Estábamos viviendo en Medellín.

—Qué rico encontrarte…

—Sí, qué rico, me alegra.

Llegó el profesor, puso cara de escopeta y todos corrimos a sentarnos en los puestos que escogimos. Martina se situó en la silla que le ofrecí, a mi lado. Nos tocó soportar los saludos del nuevo profesor y sus advertencias que más bien parecían amenazas.

Se paseó por el salón con aire de prepotencia, con las manos en los bolsillos de su guayabera blanca, el pecho afuera y los pasos largos. Se notaba que trataba de impresionarnos con esa imagen de ogro. A veces creo que los profesores tienen miedo a los estudiantes y, por eso tratan de mostrar esa falsa imagen y lanzan todas esas frases, con las que a veces logran asustarnos. Pero, en el fondo, casi todos son unas buenas personas, que nos dedican parte de su vida.

—Yo soy nada menos y nada más que el profesor Jacinto González Linares, nacido en el culto y noble pueblo de Arjona…, donde la inteligencia es peste y…

—Profe, no entendí, repita por favor —le interrumpió una compañera al fondo, para que respondiera energúmeno…

—¡El profesor González no es gago, ni mucho menos tartamudo! Si el profesor González fuera gago o tartamudo, hace rato se habría retirado de su profesión. Le toca afinar el oído, señorita y poner más atención. A partir de hoy, voy a ser su nuevo director de grupo y su profesor de castellano, ¡de manera que miren lo que hacen! ¡Saquen su cuaderno!

—¿Va a dictar, profe? —le pregunté con ingenuidad.

—¡Cómo se le ocurre, jovencito! El profesor González no dicta, ¡el profesor González, explica!

Quise responderle, pero me acordé de la fama que tenía el tipo entre los alumnos de los cursos superiores y preferí callar. No era conveniente echárselo de enemigo desde el primer día de clases. Vi en los ojos de Martina la intención de decir algo, como hacía cuando jugábamos a la guerra y sin miedo alguno; por ser la única niña entre tantos niños protestaba frente a lo que no le gustaba. Le hice señas a tiempo para que no dijera nada.

—Es su estilo —le dije en secreto—, pero es un buen maestro.

Me miró extrañada, pero puedo asegurar que no noté nada extraño que presagiara lo que iba a ocurrir con ella más tarde. Todos callamos y escuchamos con atención al profesor hasta el final de la clase.

III.

(Fabián)

Desde ese día, que conmocionó al barrio por lo extraño del suceso, he sondeado la situación más de un millón de veces y he buscado con sumo cuidado todas las razones posibles para que ocurriera lo que ocurrió con Martina. He explorado a fondo mis más antiguos recuerdos, como los de ese día que les acabo de contar, en el que prácticamente destrozamos todo nuestro apartamento, por lo cual papá, con toda razón, me castigó durante un mes, sin poder salir a la calle.

Ese es mi primer recuerdo de ella, cuando todavía éramos pequeños y a los varones aún no nos inquietaban tanto las mujeres. Sin embargo, ese día ella hizo que algo cambiara en mí para siempre, cuando después de ese impulso temerario por defenderla, que me valió una trompada en el ojo, me sonrió de esa manera tan suya.

Lo voy a contar todo como lo recuerdo, aunque tal vez no haya sido así, porque me he dado cuenta que la memoria nos engaña permanentemente. Las cosas casi nunca son tan bellas o tan feas como las perpetuamos. Recordamos lo que queremos recordar y olvidamos lo que deseamos olvidar.

Puedo jurar por lo más sagrado que aún no logro entender lo que le ocurrió a Martina esa noche, pero sea lo que sea, tuvo que ser algo sobrenatural, algo por fuera del entendimiento humano y con lo que ella, de alguna manera, estaba de acuerdo, porque es que Martina, desde pequeñita, fue una niña madura y bien sensata, que no se dejaba de nadie, ni siquiera de su mamá, que era de temperamento fuerte. Martina hizo lo que hizo, sabiendo lo que hacía.

Siempre hacía lo que le daba la gana y eso, casi siempre, resultaba ser lo más conveniente, lo más justo, y todos terminábamos reconociéndolo… Pero esa vez, por primera vez, Martina se equivocó. Por eso digo, que hizo lo que hizo sabiendo que lo hacía, aunque pienses lo contrario y me lo discutas cada vez que nos encontramos, Alejo.

Aunque es increíble, igual voy a contar la historia, solo porque a mí me gusta contarla y no porque me crean. Por supuesto que lo noto, ¿acaso soy bobo?, me doy cuenta por la cara que ponen, medio de sorprendidos y medio de que no me creen, pero eso ya no me importa. Lo cuento y punto. El que no la crea, que no la crea. En cambio tú, Alejo, sí que te ponías bravo y hasta comenzabas a discutir y a pelear con el que fuera. Cada vez que la contabas, creías que se estaban burlando, que te estaban mamando gallo y, por eso, ya no te gustaba hablar del asunto. Me imagino que ahora que te dedicas a escribir, la cosa es diferente para ti y en consecuencia lo quieres contar.

Otra de las cosas que no entiendo es por qué se sorprenden cuando les cuento que Martina comía flores. Sí, sí, no es necesaria esa cara de incredulidad. Digo la verdad. Comía flores. Martina, mi novia, ¡comía flores!

Sé que las hay de dulces, de hojaldres, de chocolate… Pero no, no se equivoquen. Martina comía flores de verdad, de las que nacen en las plantas, de las naturales. Sí: rosas, margaritas, girasoles, gardenias. Nadie me cree y por eso les insisto.

No es fácil creer que una persona común y corriente, como cualquiera de nosotros, coma ese tipo de cosas, que no se encuentran clasificadas dentro de los alimentos que nutren a un ser humano. Pero les juro que Martina comía flores y no se imaginan de qué manera.

Ella era mona, o sea rubia. Lo que pasa es que aquí a las rubias les decimos monas, de cabello amarillo cobrizo, más bien dorado o cobre, para ser más preciso. Nunca he oído que alguien diga: «mira que linda, tiene rizos de cobre», casi siempre hablan de rizos de oro. Ella era bonita… De eso sí no me cabe la menor duda. Era bella. La mamá le hacía unas trencitas que, a pesar de su color, parecían de oro puro. El oro y el cobre se parecen, pero uno es como pobre, mientras que el otro es como rico. Martina era encantadora y desde que regresó al colegio nos volvió locos a todos.

A pesar del tiempo, la reconocí de inmediato a la hora de la salida en la ruta escolar, en el primer día de clases. La vi y enseguida supe que se trataba de ella, que la muchacha nueva, aunque no recordaba bien su nombre, la que había entrado a séptimo B y de la que todos hablaban en el recreo era la misma que había sido mi vecina cuando éramos pequeños, la hija de doña Clara, la que un día, en mi casa, nos había dicho que el juego que jugábamos era una pendejada. La misma que me iluminó esa tarde con su sonrisa de complicidad y agradecimiento por enfrentar a Manuel para defenderla.

Martina subió a la buseta con la profesora que hacía la ruta escolar cuando ya estaba llena; cada uno de nosotros había cogido su puesto del año anterior. La maestra pasó la vista buscándole un lugar en donde sentarla y solo quedaba libre uno entre Bernardo Galvis y yo, porque él viendo que no tenía escapatoria, se corrió un poco hacia afuera y abrió las piernas para que ella entrara y lo dejara a él en el extremo del pasillo y no en la mitad, como la carne de una hamburguesa.

Apenas se sentó, estalló un escándalo de burlas en toda la buseta. Menos mal que la profe aún no se había bajado, de manera que solo duró hasta que se volteó y nos miró con esa mirada que hacía cada vez que pasaba algo que a ella no le gustaba. Todos callaron y el escándalo se volvió silencioso y cargado de muecas a espaldas de la profe, quien creía que tenía la situación controlada.

Los gestos, algunos muy feos y vulgares, daban a entender que la niña nueva era mi novia o la de Bernardo, o que nos gustaba o le gustábamos, y nos invitaban a agarrarla o nos sugerían no sé qué otra cosa desagradable. Algunas bromas eran muy atrevidas. Me imagino lo mal que se sintió y eso me dio rabia, pero no pude hacer nada, porque los que más molestaban eran los grandotes de octavo C y los de noveno, quienes también iban en nuestra ruta. La situación era diferente a esa tarde en la que me enfrenté con Manuel. Decir algo habría sido un suicidio, además Martina en ningún momento se descompuso ni dejó de sonreír, como si ya estuviera acostumbrada a manejar este tipo de situaciones.

Y es que todo eso de los niños jugando en la sala de mi casa, no ocurrió en este momento, no. Eso ocurrió mucho tiempo atrás, como tres o cuatro años atrás tal vez, porque, cuando pasó lo de la buseta, ya tenía catorce años y estaba en octavo grado de bachillerato, y cuando sucedió lo de la guerra en mi apartamento, solo tenía diez u once años. Sí, si así es, ese primer día de clases yo aún tenía trece años, es decir, estaba en la edad del tíbiri tábara, en la que dicen que uno está atravesando el Niágara en bicicleta y todavía ni siquiera era titular del equipo de fútbol del colegio y aun habían algunos, como los de la ruta, que se atrevían a montármela, pero después que ni se atrevieran, porque estaba practicando karate y a veces iba al gimnasio del Chico de Hiero con mi papá a ver a los boxeadores que entrenaba un amigo suyo que fue campeón nacional y que le dicen Kid Dinamita. Él me enseñó a tirar algunos golpes y a esquivar otros.

A veces me pregunto cómo es posible que un niño a los trece años ya estuviera hablando de novia así como así. Pero, ¿acaso nos hicimos novios? ¿De verdad nos hicimos novios? Hoy no me atrevo a asegurar nada. De todas maneras es una buena pregunta que trataré de resolver, pero más adelante, a su debido tiempo, como dice mi papá cuando uno le pide dinero para algo y aún no le han pagado. De lo que estoy seguro es que ni en ese momento, ni en ningún otro, sospeché que algo malo le pudiera pasar y, mucho menos, algo como lo que ocurrió.

IV.

(Alejo)

La verdad es que hay cosas de las que me entero ahora porque me las cuentas, Fabián. Hasta ese momento, que yo recuerde, ninguna muchacha me había interesado de verdad, aunque me encantaba asomarme a la ventana para mirar a Maritza Conchi, que era una niña morena y bonita que bailaba en las comparsas de las fiestas novembrinas y que vivía frente a mi casa y a la que podía ver bien clarito desde la mía, cuando se ponía a bailar sola, con una falda bien cortica, frente al espejo de la sala. Pero eso nunca pasó de ser una sensación agradable, algo que me hacía sentir bien y disfrutaba de manera clandestina. Porque en esa época lo que a mí realmente me gustaba eran los deportes. A pesar de los problemas que teníamos, mi papá me metió en un equipo de béisbol, en el que jugaba de *short stop*. Siempre fui un buen bateador. Claro que en fútbol tampoco lo jugaba mal, aunque sin duda Fabián era mejor que yo. Él era delantero porque era muy hábil con la pelota y hacía muchos goles. A mí me volvieron defensa por lo fuerte que era, pero prefería jugar de delantero, como cuando estábamos más pequeños y yo era el que metía todos los goles y nadie se atrevía a discutirme la posición. Lo cierto es que Fabián se fue volviendo un verdadero crack, un jugadorazo.

Una de las cosas que extrañé al principio, cuando nos cambiamos de barrio, fueron los partidos de golito que jugábamos en la calle 70, al frente del mismísimo Talón de Aquiles, la tienda más famosa de esa época. Jugábamos de noche, cuando ya casi no pasaban carros. Me acuerdo que todos querían a Fabián en su equipo, pero como éramos bien amigos desde chiquiticos, él y yo siempre hacíamos lo posible para jugar del mismo lado. Jugábamos cuatro contra cuatro, con pequeñas porterías de madera en las que prácticamente no permitía que me hicieran un gol. Se jugaba al que hiciera el primer gol. Dos equipos se enfrentaban y cuatro desafiaban. A veces nos quedábamos hasta bien tarde y les tocaba a los papás ir a buscarnos con correa en mano. Nunca me olvido del papá de Juan Manuel Patiño, uno que vivía en la casa de la esquina de la cuadra, que a las nueve en punto se aparecía por la "cancha", paraba el juego por un instante y le decía con autoridad de militar retirado.

—Juan Manuel, hacer pipí y acostarse —y, de inmediato, todos soltábamos la risa y Juan Manuel se iba corriendo con el rabo entre las piernas, dejando a su equipo incompleto.

Cuando me mudé, esto me hizo mucha falta porque a mis nuevos vecinos les gustaba más el béisbol, como a mi papá que siempre decía que era el rey de los deportes.

Al principio me costó, pero después le cogí el tiro y, como a mi papá le gustaba, terminé disfrutándolo más que nadie. Me encantaba ir en las tardes a un campito que quedaba cerca a la casa a jugar con bates de caña brava y unas bolas de trapo que hacíamos con las medias que se nos dañaban.

Me gustaba más que cuando vivía en el otro barrio y mis amigos jugaban con bolas de *spolding* marca Wilson que sus papás les traían de Estados Unidos o de Panamá. Acá los muchachos jugaban con guantes de cartón o de trapo que ellos mismos fabricaban. Yo todavía conservaba mi guante de cuero, que mi papá me compró cuando aún estaba bien y, según dice mi mamá a cada rato, ganaba buena plata. Pero me daba vergüenza llevarlo al campo porque me sentía como si estuviera humillando a mis nuevos amigos y por eso le pedí a mi mamá que me hiciera uno de una pana gruesa que le sobró de un pantalón que estaba haciendo.

Como decía, me encantaban los deportes y los juegos en general, pero de peladas nada, porque lo de Maritza Conchi no pasó de lo que conté y ya fue en el barrio nuevo.

A Martina no la vi en todo ese tiempo y si la recordaba era porque era la única niña que jugaba con nosotros cuando estábamos pequeños y por su fuerte personalidad. Tenía entendido que se habían ido de la ciudad y, si mal no recuerdo, en esos días escuché a mi mamá contándole a mi papá que ellos habían vuelto y que doña Clara la había ubicado para que le hiciera un par de vestidos, ya que venían de un lugar que tenía clima diferente. Incluso creo que la alcancé a ver un día saliendo de mi casa. Ese día, cuando la vi ahí, en la puerta del salón, fue como si algo mágico me hubiera ocurrido.

Desde ese momento todo cambió para mí y el mundo se me volvió un sin fin de preguntas, sentimientos reprimidos, cosas que nunca pensé sentir, dudas, angustia, miedo a lo desconocido, necesidad de compañía, es algo que a veces ahoga, que te mueve cada rincón de tu ser, sientes como esas mariposas en el estómago de las que la gente habla, las sientes de verdad, a veces tiemblas, te aumenta la frecuencia de la respiración, te da taquicardia, pierdes la noción del tiempo. Quieres compartir más de las veinticuatro horas que tiene el día con esa persona, te encanta verla sonreír y quieres que la otra persona esté bien… pero a veces también sientes celos, que son como una perturbación que se siente, porque crees que te van a quitar a la persona que quieres. Nunca antes había sentido algo así.

Sin embargo, ni siquiera, entonces, tenía motivos para imaginar cuánto nos iba a cambiar la vida a todos y, mucho menos, que la cosa iba a terminar de semejante manera.

Fabián me ganó de mano, esa es la verdad, porque al tercer día de clases, cuando por fin pude bajar al recreo, ya estaba sentado con ella al otro lado de la cancha de basquetbol. A mí me tocaba pagar la matrícula con trabajo como monitor escolar, lo que me obligaba a perderme parte de algunos recreos, de acuerdo a lo que me asignara el padre rector, que fue quien tuvo la generosidad de hacerle esa propuesta a mi papá, quien pensaba pasarme a un colegio público con el fin de ahorrarse ese dinero que no teníamos.

Hasta ese momento, no me molestaba mucho la idea, pero claro que me hubiera dolido mucho dejar mi colegio de toda la vida, en donde estaban mis amigos de siempre, pero la opción de sentirme haciendo algo para ayudar a papá me encantaba. No quería dejarlo solo cargando el problema de todos.

Por supuesto que yo no sabía que a Fabián le gustaba Martina, no tenía por qué saberlo, y si no los busqué para estar con ellos en el recreo, fue porque quedaba muy lejos del edificio central del colegio, en donde cumplía con mis compromisos. Además a Martina la tenía a mi lado todo el día en las clases, disfrutaba de su inteligencia y del arco iris de sus ojos pícaros.

De todas maneras me dolía no poder llegar al murito y sentarme con ellos a hablar de cuando vivíamos en la misma calle de mi antiguo barrio y recordar cosas y hacer planes. En la clase era poco lo que podíamos hablar porque ni a ella ni a mí nos gustaba distraernos.

—Si atiendes en la clase, es poco lo que tienes que estudiar en la casa —decía.

Pero creo que si lo hubiera sabido, si siquiera hubiera sospechado algo, tal vez no me les habría despegado en ningún recreo…, no sé.

Fabián y yo habíamos sido amigos desde siempre, al igual que nuestras familias. Su mamá era una de las mejores clientas de la mía y fue de las pocas antiguas vecinas que continúo visitando mi casa en calidad de amiga, cuando debido a la debacle económica de mi papá nos tocó vender la casa y cambiar de barrio.

El anterior era un barrio hermoso, situado a la orilla del mar, con todas las calles pavimentadas, arborizadas y con un patio al fondo lleno de árboles frutales y un jardín con flores de muchos colores al frente.

En cambio ahora vivíamos en la otra ciudad, la ciudad pobre, en la zona sur occidental, en una pequeña casa rodeada de muchas pequeñas casas idénticas a la nuestra, separadas por una estrecha franja de pavimento caliente que no tenía ni metro y medio de ancho, lo que nos permitía escuchar hasta las conversaciones más íntimas de los vecinos (por eso era que podía ver a Maritza Conchi bailando).

Pero lo peor era cuando a alguien se le daba por poner música con el equipo de sonido a todo volumen sin importarle cuanto podía molestar al otro. Lo que más se escuchaba en esa época en los barrios populares era la música jíbara y mucha salsa.

Mamá no aceptaba de ninguna manera los bailes de picó y me los tenía totalmente prohibidos, y es que la champeta en sus inicios se difundió por medio de los potentes equipos de sonido denominados picós que sonaban en las casetas de barrio.

—Ni Dios lo quiera que a mí alguien me diga
que te vio en un sitio de esos.

Me acuerdo de los nombres de algunos de esos picós: El Conde, El Timbalero, El Sibanicú, El Pijuán, El Ciclón, El Che, El Fidel o El Rojo. Me encantaban, y muchas veces me iba escondido con algunos amigos para mirar los bailes desde la puerta de las casetas o me trepaba a un árbol para ver cómo bailaban bien pegaditos, sin salirse de una baldosa.

La verdad es que al principio nos costó trabajo adaptarnos a ese tipo de vida y comprender esa otra idea de la felicidad. Solo entonces comprendí los privilegios de los que antes gozaba y que ahora me parecían injustos y perversos.

Pienso con sinceridad que todo privilegio es injusto, porque no está bien que lo que tienes tú se le niegue a otro. ¡Qué despropósitos tan grandes se ven en el mundo! Y qué paradojas, porque mis vecinos eran personas hermosas, agradables, sanas y con una alegría que contagiaba... Más francas y transparentes que las de mi antiguo barrio, siempre pendientes de servir al otro y de compartir hasta lo que no tenían... Realmente, también ahí era feliz, muy feliz, en mi nuevo barrio de calles angostas y apretadas, con sus hileras de ropas recién lavadas, colgadas en la calle a la vista de todos; un cagajunto, como le decía mi papá, tratando de burlarse de su propia desgracia.

Al principio, todos los fines de semana me iba para la casa de Fabián y a veces hasta me quedaba a dormir, pero poco a poco fui conociendo a mis vecinos y ya no me daban tantas ganas de ir, aunque siempre hacíamos planes, como ir al cine que a Fabián le gustaba tanto o al estadio de béisbol a ver jugar a los equipos de primera categoría, que era una de las cosas que más me gustaba hacer porque mi papá me lo había inculcado desde chiquitico. Lo que sí me hacía mucha falta era la playa que antes me quedaba a media cuadra, mientras que ahora para ir, me tocaba coger dos buses, que se demoraban más de media hora en llegar.

Cada vez me involucraba más con la gente, organizaba cosas con ellos, hacíamos bailes, me metieron en el equipo de béisbol del barrio, hasta que llegó el día en que solo me veía con Fabián en el colegio y solo visitaba mi viejo barrio cuando había algún acontecimiento especial.

Cuando le conté a Martina de los bailes de picó, me pidió que la llevara para ver uno, pero le contesté que era muy difícil porque esos bailes eran de noche, su mamá iba a pensar que era peligroso y después no iba a encontrar en qué regresarse a su casa. Ya en ese momento no pensaba en nadie más que en Martina, ni podía pensar sino en ella.

Pero tengo que reconocer que Fabián se me adelantó y se quedó con ella en todos los recreos, aunque puedo jurar por lo más sagrado que no sospechaba que Martina también le gustara a Fabián.

V.

(Fabián)

El año escolar había transcurrido con normalidad. Los primeros días Martina y las otras siete niñas que habían entrado nuevas a nuestro colegio, que hasta el año anterior había sido solo para varones, fueron la sensación de todos los recreos. Pero poco a poco todo se fue normalizando, menos mi corazón, porque Martina continuaba sentándose a mi lado en la buseta que hacía la ruta y me esperaba en todos los recreos para que le comprara sin tener que hacer la fila, luego nos sentábamos juntos a comer en el mismo murito, al otro lado de la cancha de basquetbol, en donde se sentaban los más grandes del colegio.

Esa rutina se había convertido en parte esencial de mi vida y, contrario a lo normal, sufría cada vez que llegaban los viernes porque iba a durar dos días sin ver a Martina. No quedaba duda que me había convertido en su mejor amigo, en su compañero, en su confidente, en su protector.

Solo Alejo, quien era su compañero de curso y mi amigo del alma, se nos acercaba muy de vez en cuando a compartir el recreo porque trabajaba como monitor y casi nunca alcanzaba a llegar.

Ella me contaba cada vez que un muchacho se le acercaba y me hacía saber cuál le gustaba y cuál no y yo también le hablaba de una pelada (que no existía) y que estaba enamorada de mí y que me perseguía y me llamaba por teléfono, pero que no le ponía atención porque a mí la que me gustaba era otra (que sí existía) y que algún día le iba a presentar. Era una situación terrible e insostenible, hasta que pasó lo que temía… Martina me habló de alguien de carne y hueso, con nombre propio, me habló de un tal Cristóbal, un muchacho mucho mayor, que vivía en el barrio militar, por allá cerca del gallinero, que la estaba visitando y a ella le gustaba porque le parecía muy maduro y con sentido del humor. Quise que la tierra me tragara.

Le conté las peores cosas que sabía de él, le dije que tenía un hermano marihuanero, que era un vulgar, que olía a feo porque pasaba metido en el taller del papá que era mecánico y que iba muy atrasado en el colegio para la edad que tenía. Pero ya ella sabía todo eso y parecía que era lo que más le gustaba, que era diferente a los demás niños de nuestra edad. Me volví a sentir como el niño tonto de la época en que jugábamos a la guerra y permitía que mis amigos volvieran mi casa un desastre, no más para que me aceptaran en el grupo y quisieran andar conmigo.

Alguien me contó que se había hecho novia del tal Cristóbal y entonces me alejé un poco en los recreos, pero ella me seguía buscando igual y no me contaba nada al respecto; yo tampoco le preguntaba porque temía algo peor.

El viernes cuando salimos de vacaciones de Semana Santa y cuando la tristeza me aplastaba en la silla de la buseta de solo sentir que la iba a dejar de ver tantos días, me hizo una pregunta que me sorprendió.

—¿Por qué nunca has ido a mi casa?

—No sé ¿quieres que vaya?

—Creo que sería chévere… Mi mamá te quiere ver, ya casi no se acuerda de ti.

—No me va a reconocer… He crecido.

—Te espero.

Y se puso de pie para bajarse porque ya estábamos en la esquina de su casa.

Al llegar a mi casa tiré los libros, almorcé a mil, casi sin masticar y salí en bicicleta a buscar a mis amigos de siempre, pero todos estaban haciendo la siesta. Tuve que esperar hasta las cinco de la tarde para que me acompañaran a pasar con disimulo por la urbanización donde vivía Martina. Se trataba de tres calles de casas iguales y bonitas, que quedaban en la Segunda Avenida del mismo barrio en que yo vivía. La calle de su casa era un bolsillo sin salida, siempre lleno de niños que corrían de un lado para otro, sobre todo cuando comenzaban las vacaciones escolares de Semana Santa. La casa de ella era la penúltima del lado derecho, era blanca, con jardín y balconcito hacia la calle.

Desde la primera vez que pasamos, dando la vuelta a la manzana en bicicleta, la vi regando el jardín con una manguera verde, vestida con una falda blanca con líneas delgadas rojas y azules, estaba acompañada de María Clara, su hermanita menor.

Cuando llevaba como veinte vueltas, me decidí a llegar. Dije a los muchachos que se fueran a hacer sus cosas con tranquilidad, que no me esperaran y que pasaran por mí más tarde. Me acerqué a la casa que quedaba al fondo del callejón, sin bajarme de la bicicleta para sentirme seguro, como el vaquero cuando está sobre su caballo. Se veía hermosa. Sonrió así, como ella sonreía.

—Pensé que ya no venías —me dijo sin dejar de regar.

—¿Me habías visto?

—Claro… No soy ciega. Un poco más y haces una zanja en la calle.

—Me daba pena con tu mamá.

—No está; además, te dije que quería verte…
¿Me ayudas? Me encantan las flores, ¿y a ti?

—Sí, son bonitas.

No falté ni un solo de los días de vacaciones. Todas las tardes, como a las cinco, llegaba en mi bicicleta roja de cachos altos y me parqueaba en la puerta de la casa número catorce de la urbanización Los Pinos hasta casi las nueve de la noche, cuando mis amigos empezaban a rondar molestos, porque ya debían regresar a sus casas y los iban a regañar por mi culpa.

En esos días también descubrí el extraño asunto de las flores que aún hoy intriga tanto a todos. Y lo descubrí porque, pretendiendo ser galante, trataba de llegar todos los días con algo: un dulce de Semana Santa, un dibujo de mi hermana, una caracucha de la playa, un chocolate…, o unas flores. Era increíble todo lo que me tocaba hacer para conseguirlas. Embolaba todos los zapatos de mi casa, atendía en las mañanas el almacén de telas de mi tía Catica, le hacía cosquillas a mi papá en los pies para conseguir algo de dinero o me robaba las flores del jardín de mi abuela o de cualquier jardín vecino.

Por eso fue que lo noté. Una tarde logré reunir lo suficiente para comprarle una chocolatina Jet de las grandes, de esas que traen maní incrustado, pero cuando pasé por donde la Lola, que era una vieja malvada que nos cogía el balón cuando caía en su patio y no lo devolvía por el placer de provocarnos y vernos furiosos, distinguí en su hermoso jardín, cuidado con mucha dedicación, tres bellas rosas rojas enormes y decidí cobrarme todos los balones y pelotas que la vieja amargada no nos había regresado. Me subí al murito de al lado, salté la verja y, con gran emoción, corté sin agüero las tres magníficas flores.

Regresé corriendo a mi casa y las envolví en papel periódico para no andar por ahí mostrando las rosas, porque me preocupaba lo que iban a decir mis amigos si me veían con semejante carga de cursilería.

Esa tarde salí contento. En la esquina de su casa saqué las rosas del periódico y las acomodé para que se vieran bonitas y entré al callejón. Ese día dejé la bicicleta en casa y me vine solo, no esperé a ninguno de mis amigos. No había dado el primer paso cuando vi al tal Cristóbal de reojo. Estaba sentado en un murito hablando con un vecino de Martina. Aceleré el paso para llegar a la casa de ella y sentí la furia de su mirada a mis espaldas.

A llegar, me abrió Carlos Mario, su hermanito, y me dijo que me sentara y la esperara un momento. Se sentó a mi lado y comenzó a hacerme preguntas tontas. ¿Por qué llueve? ¿Por qué el sol calienta? ¿Por qué hay guerras? ¿Por qué tenemos dos piernas? ¿Por qué las estrellas no se ven de día? Y muchas más... ¿Y por qué?, ¿y por qué?, ¿y por qué? No paraba y lo peor es que no tenía ninguna de las respuestas y el malvado chiquitín se burlaba de mi evidente ignorancia.

Cuando por fin Martina apareció sentí un gran alivio. Le entregué el chocolate grande y las flores robadas. Pero vaya sorpresa la que me llevé. Martina le dio el chocolate que tanto me había costado a su querido y preguntón hermanito y, delante de mí, se empezó a comer las tres rosas rojas, con evidente apetito.

Más que con apetito, lo hacía con verdadero placer, mientras conversábamos no sé de qué película de ciencia ficción. Lo hacía de la manera más normal del mundo. Iba arrancando los pétalos de cada flor, uno por uno, y se los iba metiendo en la boca y los saboreaba con verdadera fruición. Para ella, comer flores era también una oportunidad de sentir placer, de disfrutar, de probar sensaciones nuevas y tenía la costumbre de hacerlo.

Cuando mis amigos, montados en sus bicicletas, se asomaron en la esquina del callejón avisándome que ya eran las nueve de la noche, aún no salía de mi asombro por lo ocurrido con las rosas, y me sentía contento de haber traído un regalo tan acertado. Los buenos regalos son los que hacen feliz a quien los recibe.

Me despedí dichoso, pero cuando me acercaba a la esquina vi que el tal Cristóbal todavía estaba sentado en el murito y parecía esperarme. Mis amigos habían desaparecido, seguramente dando otra vuelta a la manzana mientras me despedía. Se puso de pie y me cerró el paso sacando el pecho y mostrándome que era más grande y más fuerte que yo.

—Hey, llave —me dijo, usando voz de bandolero de película—, no te quiero volver a ver visitando a mi novia.

—¿Tu novia? ¿Cuál? ¿Quién?

—No te hagas el mariquita, sabes muy bien de qué te hablo.

—No, no sé… No sé quién eres tú y no creo conocer a tu novia.

—Quiero que te alejes de Martina o no te voy a dejar un solo diente en la boca.

—¿De Martina? ¿Martina es tu novia? Ella no me ha dicho nada. No me ha hablado de ningún novio.

—Ah, ¿no? Pero te lo estoy diciendo yo.

Estaba asustado, las piernas me temblaban, pero en ese momento llegaron mis amigos, entre ellos Toñi y Yoyi, mis hermanos mayores, y eso me dio fuerzas para responder, apartando a Cristóbal y en un zigzag rápido llegar hasta donde estaban mis compañeros en sus bicicletas. Eran unos veinte, entre los que se encontraba nada menos y nada más que Alfonso Rojas, que era un amigo mío, que medía casi dos metros (uno con noventa y siete centímetros, para ser precisos), a pesar de que tenía catorce años como la mayoría de nosotros. Además hacía parte de la selección Colombia de basquetbol, lo que lo obligaba a hacer mucho ejercicio y a levantar pesas.

—Solo dejo de venir si ella me lo pide —dije envalentonado por la presencia de mi gente.

—No te lo recomiendo. Te repito, como vuelvas, no te dejo un solo diente en la boca —volvió a decir el malandrín entre dientes.

—¡Nos tendrás que pegar a todos! —le gritó Alfonso poniéndose de pie, para que Cristóbal notara su evidente ventaja.

—Esto no es contigo —respondió retrocediendo.

—Pero es que lo que es con Fabián, es conmigo —respondió Alfonso, mientras se quitaba uno de sus enormes zapatos de gigante y lo amenazaba con él.

—¡Como llegues a tocar a Fabián, te pongo el 45 en la cabeza! —todos rieron del chiste.

—Deja eso así —dije—. No tengo nada que pelear con él. Si Martina es su novia, que le haga el reclamo a ella.

Y nos fuimos dejando a Cristóbal gritando no sé qué amenazas, pero sin atreverse a seguirnos porque sabía muy bien que éramos muchos y que Alfonso era un verdadero peligro para su integridad física.

El cuento de la amenaza de Cristóbal fue tan escandaloso y tan comentado que llegó hasta los oídos de mi mamá a través de una de las tantas viejas que se pararon a ver qué era lo que pasaba la noche de la discusión en la esquina de la casa de Martina. Me prohibió volver a la urbanización Los Pinos y perdí comunicación con Martina porque no había teléfono. Me tocaba esperar los tres días que faltaban para regresar al colegio y así poder contarle lo ocurrido. Aunque imaginé que estaba enterada de lo sucedido.

¿Era Cristóbal su novio y ella no me había contado? ¿Por qué tuvo que esperar hasta esa hora para hacerme el reclamo? ¿Por qué no llegó hasta la casa de ella para marcar su territorio? ¿Y si no era así? ¿Estaba loco? ¿Era mitómano? ¿También le estaba llevando flores? ¿Me estaba utilizando ella para darle celos a Cristóbal? No, no la creía capaz de eso. ¿Qué estaría pensando Martina de mi ausencia sin explicaciones? ¿Que me había aburrido por las preguntas de su hermanito? ¿Que no me había gustado verla comiendo flores? ¿Que era un cobarde? Le habían contado acerca de la amenaza y ahora estaba pensando que yo era un cobarde y no el valiente muchachito que un día la defendió frente a uno más grande.

VI.

(Alejo)

No la vi en el resto de la Semana Santa. Me tocó ir al cementerio a ayudar a mi papá con la venta de flores. Lo que más me preocupaba era que ya me había dado cuenta de lo que estaba naciendo entre Fabián y ella y sabía que él iba a poder verla todos los días y que cuando volviéramos a clases ya serían novios.

La situación era difícil de manejar porque, aunque ya no andábamos tan juntos como antes, Fabián era mi amigo de toda la vida (una larga vida de trece años) y no quería tener ningún tipo de disputa con él.

En todo caso, era Martina la que tenía que tomar una decisión. Yo estaba dispuesto a respetarla aunque me doliera en el alma porque un amigo es un amigo y la amistad está por encima de cualquier cosa.

Me hubiera gustado que ella conociera mi barrio en Semana Santa. ¡Cuánta camaradería y solidaridad! ¡Qué deliciosa convivencia! En la calle, los vecinos sacaban mesas a las terrazas y jugaban lotería, parqués o dominó y compartían comidas, dulces caseros y cuentos de todo tipo, hasta altas horas de la noche.

El cementerio no me gustaba, pero era un buen sitio para la venta de flores, y mi papá esperaba con ansiedad las vacaciones para que yo lo ayudara, porque así las ventas aumentaban.

Por eso, ni siquiera se me cruzó por la cabeza la posibilidad de ir a Crespo; y aunque quería ver a Martina y hablar con ella, sabía que eso no iba a ser posible. Me hubiera gustado saber qué significaba aquel papelito que me había dejado, sin explicación, el último día de clases, cuando ya había sonado la campana y tenía que irse corriendo para tomar la ruta del colegio, que la llevaría hacia sus primeras vacaciones.

No entendía. El papelito decía «Te quiero» y tenía la huella en pintalabios de su hermosa boca. ¿Se trataba de una muestra de amistad o de amor? ¿Y Fabián? ¿Por qué esperó hasta último momento para entregármelo? ¿Qué debía hacer? ¿Preguntarle? ¿Y si eso dañaba la amistad? ¿Y si no le preguntaba y ella estaba sintiendo lo mismo que yo? ¿Cómo me enteraba? ¿Y si ya era la novia de Fabián?

Quería que la Semana Santa pasara pronto para saber a qué atenerme, pero por otro lado, sentía miedo de perder a mis amigos por una torpeza motivada por mi egoísmo.

Me ayudaban a soportar la incertidumbre, la tranquilidad y la armonía que había en mi barrio de pobres, en donde todos compartían todo, y la alegría de ayudar a papá en un buen momento que le iba a servir para salir de problemas.

Cuando entráramos a clases me enfrentaría a la verdad, pero debía ser prudente, esperar a ver qué pasaba, trataría de leer señales para no equivocarme. De todas maneras, la tendría a mi lado desde las siete de la mañana hasta las dos de la tarde y, si ya era la novia de Fabián, olvidaría para siempre ese papelito que me había enredado la vida durante las vacaciones.

VII.

(Fabián)

El lunes llegó y Martina no se subió al bus del colegio. Tampoco sus hermanitos. Matemáticas a primera hora, castellano a la segunda y yo con mi angustia intacta. La campana, por fin el recreo, todos salieron corriendo como locos desbordando su alegría. Bajé las escaleras con ansiedad y miré hacia el murito detrás de la cancha de basquetbol y la vi. El alma me volvió al cuerpo, hice la fila en la tienda y compré merienda para dos.

—¡Hasta que apareció el perdido! —me dijo con ironía, recibiéndome la empanada y la gaseosa.

—Es que casi me matan…

—¿Cómo así?

—Sí, tu novio.

—¿Novio?

—Cristóbal.

—Ah, ¿es eso? Me enteré.

—¿Por qué lo dices?

—No le pares bola. Él no le hace nada a nadie.

Durante un largo rato comimos callados.

—Te va tocar ser mi novia —dije rompiendo el silencio.

—¿Cómo así? —me respondió con una sonrisa nerviosa—. Eres mi mejor amigo

—Dicen que los mejores amigos siempre están enamorados de las mejores amigas. Pero, además, si me van a matar por ser tu novio sin serlo, que me maten, pero siéndolo.

Ella rió a carcajadas.

—Cristóbal no es capaz de matar una mosca. Es pura bulla. Es una buena persona. Un poco salvaje, tal vez…

—Entonces, ¿qué dices?…

—Estás loco. ¿Me acompañas a cine
el domingo?

—¿No me vas a responder?

En ese momento, sonó la campana que indicaba el regreso a clases.

—Hablamos en el otro recreo.

Pero el tema no se volvió a tocar, ni en el siguiente recreo, ni en ningún recreo. El domingo fuimos a cine. Pero nos acompañaron doña Clara, su mamá, María Clara y Carlos Mario. Por lo visto, tendría que contentarme con el triste papel del mejor amigo.

—Mira —me dijo el Yoyi, mi hermano—, yo también lo padecí, si quieres conquistarla quítate la camiseta estúpida de mejor amigo, o no te resultará. Si no, fíjate en todos los conocidos que te han preguntado cómo hacen para reconquistar a la mejor amiga que se fue corriendo cuando ellos le declararon su amor. Tienes que buscar distancia, si te quedas ahí, en ese papelón, nunca vas a conseguirla. Las mujeres son bien raras y caprichosas.

—¿Cómo se hace eso?

—Primero toma tu distancia, porque ese papel que tienen ahora es muy fraternal y tal. Es muy de hermanos y, si vas desde ese plano, ella te va a mirar con cierta aversión, con prevención. Por lógicas razones. ¿Cómo te sentirías tú, si te enteras que una hermana tuya se enamora de ti?

—No tengo hermana.

—No te hagas el pendejo que sabes a lo qué me refiero, tienes que hacer que te mire como hombre y no como a su hermanito. Empieza a hablar con distancia, córtala de golpe, no le pares tanta bola, y ella te prestará atención de manera diferente.

—¿Y si pierdo su amistad?

—Es que eso es lo que tienes que lograr, tonto. Que se pregunte: ¿qué le pasa a este?, ¿por qué se alejó de mí? Después te lo preguntará… Contéstaselo, con cierta indiferencia… «Es que tengo unas cosas internas que quiero resolver»… Ella te dirá «¿Te hice algo?» ¡No contestes, ni se te ocurra! Déjala con las ganas de saber. Abre una brecha, y cuando sientas que has creado la duda, llámala de nuevo e invítala a tomar algo o a comer un helado y luego dile: «mira, la verdad, lo siento mucho, pero ya no podemos ser amigos», y te dirá «¿por qué?», y le vas a decir, seriamente, que te gusta como mujer y que ya no quieres verla como a una hermanita, que lo piense, y luego te lo diga… Dile sinceramente que ya no puedes ser su amigo porque ya no puedes serle fiel a ese papel y sería hipócrita con ella y contigo mismo. Si te muestras cobarde ante tu decisión ella lo olerá, sobre todo si es tan suspicaz como dices que es…, y entonces el plan te saldrá mal. Date el tiempo hasta que estés fuerte para enfrentar cualquier respuesta...

Le hice caso a mi hermano, dejé de llevarle flores, incluso no la visité más, solo de vez en cuando bajaba a los recreos... A veces no me iba en la ruta sino que me quedaba jugando fútbol con mis amigos, hasta que ya no aguantó más y subió en recreo a la biblioteca en donde sabía que me podía encontrar y le solté la andanada, convencido de que me daría resultado... Se fue llorando, no dijo ni una sola palabra.

En el recreo siguiente decidí bajar y hablarle porque ya no aguantaba más mi papel de hombre duro, pero cuando bajaba las escaleras, la vi sentada en el mismo murito en que se sentaba conmigo, al otro lado de la cancha de basquetbol, con mi amigo Alejo, el que siempre era el teniente, el que bateaba jonrón, metía los goles con los que ganábamos y se atrevía a reclamarle el balón a la señora Lola. El más grande que aún estaba en séptimo porque se había atrasado y ahora vivía en otro barrio, porque su papá se había quebrado. Alejo, mi mejor amigo de siempre, y lo peor, estaban comiendo empanadita y tomando gaseosa... O sea que Alejo había hecho la fila y le había comprado la merienda, y lo había venido haciendo durante todos esos días que no bajé y me quedé en la biblioteca como un idiota, metido en ese cuento de la indiferencia que se había inventado mi inteligente hermano.

Me devolví llorando. Tuve que meterme en el baño y encerrarme para que nadie me viera lloriquear como una nena y creo que la maldije y maldije a Alejo y me pregunté, al igual que lo hizo Manuel cuando estábamos pequeñitos y jugábamos a la guerra. ¿Por qué diablos él siempre tenía que ser el teniente? Pero no obtuve respuesta alguna.

VIII.

(Alejo)

Desde que le hablé de los bailes de picó en las casetas, de la salsa antillana, de la música jíbara y de la que empezaban a llamar en toda la ciudad como terapia criolla o champeta, Martina quedó obsesionada con el tema. Siempre me insistía en que quería ir, que quería ver cómo eran, pero yo me sostenía en que podía ser peligroso y que a su mamá no le iba a gustar. Hasta que un sábado, como a las ocho de la noche, se presentó en la puerta de mi casa.

—¿Qué haces aquí?

—Vine a ver un baile de picó —me contestó riendo con un brillo pícaro en sus ojos claros.

—¿Cómo hiciste? Esto es lejos de tu casa…

—Estoy en una fiesta donde una amiga de mi mamá —tengo que llegar antes de las doce de la noche porque a esa hora me va a buscar.

—Eres una loca… ¿Y si se da cuenta?
Te puede castigar…

—Pero ya no me quitaría lo bailado…
¿Me acompañas o voy sola?

—Claro… Siéntate un momentico. Espera que me cambie.

Estaba vestida con unos vaqueros acampanados, una blusa estampada con dibujos psicodélicos y botas altas de charol. Se veía alta y hermosa con ese cabello suelto que le brillaba. Me puse zapatos de plataforma alta, una camisa apretada de colores muy llamativos con el cuello amplio y pantalón de terlenka. Todo extravagante. Ella me miró y no pudo aguantar la risa.

—¿No te gusta?

—Me encanta, solo que nunca te había visto vestido así.

—Esta es la moda, por lo menos por este barrio.

—Te ves chévere. ¿Vamos?

—Vamos.

La caseta ocupaba el solar entero de una esquina, a unas tres cuadras de mi casa. Se trataba de una construcción tosca, desmontable, construida con madera y zinc, vestida con banderines de colores y rodeada de globos, comidas, algodones de azúcar, chazas de dulces y cigarrillos. La música se escuchaba a más de diez cuadras a la redonda. Nos asomamos. Vimos el enorme aparato de música con sus cajas llenas de dibujos de colores y ya estaba llena de gente sentada en banquitos de madera. Algunas parejas bailaban.

—¿Entramos?

—¡Cómo se te ocurre! ¿No ves que somos menores de edad?

—¿Hice todo esto para quedarme aquí viendo gozar a los demás?

—Pero es que…

—¿Quieres entrar o no?

—Sí, pero…

—Vamos, yo te invito. Pon cara de persona mayor. Con esos zapatos te ves bien grande.

Entramos sin problemas, sin que nadie nos dijera nada, y nos sentamos cerca al picó que a Martina le llamaba tanto la atención. Poco a poco, la caseta se fue llenando de personas con ganas de goce. Al rato, muchas parejas bailaban sensualmente, muy apretadas, con las piernas entrelazadas y sin mover los pies de la baldosa, siguiendo con el cuerpo el ritmo de la música. Sonaba un jíbaro y Martina estaba emocionada observando. De pronto, sonó una placa, que decía:

—¡Richie, Richie, Richie Ray y Bobby Cruz!

Y empezó a sonar la canción Agúzate, del conocido dúo portorriqueño.

> *Siento una voz que me dice*
> *agúzate que te están velando*
> *Siento una voz que me dice*
> *agáchate que te están tirando.*

Martina se puso de pie como impulsada por un resorte.

—¿Bailamos? —me preguntó.

Y yo pasaría de tonto si no supiera
que uno debe estar mosca por donde quiera
y es por eso que yo digo de esta manera,
que ese individuo no sabe en que se metió
¡Ajá!
Ponle sabor Richie Ray
¡Uuuh!

No quería que llamáramos la atención. Martina era una monita, vestida con ropa de gente rica, y se notaba que no era de este lado de la ciudad.

Yo no era muy buen bailador, nunca lo he sido, pero una prima mía que bailaba bastante, intentó enseñarme y con ella aprendí el paso básico, un, dos, un, dos, mete pie, saca pie, mueve cadera, repite… Aunque me salía algo robótico, ella me decía que lo otro era sentir la música y dejar que el cuerpo se defendiera solo…

El picó repetía la introducción a todo volumen y la música se metía en el cuerpo y en el alma. Martina sí parecía un trompo, bailábamos sueltos, solo agarrados de la mano para "tirar pase"…

Siento una voz que me dice
agúzate que te están velando
Siento una voz que me dice
agáchate que te están tirando.
Y yo pasaría de tonto si no supiera
que uno debe estar mosca por donde quiera
y es por eso que yo digo de esta manera,
que ese individuo no sabe en que se metió.

—Esta canción habla de la muerte —le dije casi gritando, por comentar algo.

—¿Qué? —me contestó haciendo gran esfuerzo por escucharme

—¡Qué la canción habla de la muerte! —le grité

—Ah, ¿y qué te preocupa?... La tragedia de la vida no es la muerte, la tragedia de la vida es lo que dejamos morir en nuestro interior mientras estamos vivos —me respondió gritando, riendo y tirando pase.

Pero yo no me escondo del diablo
porque yo soy buena gente
Agúzate que te están velando.

Bailamos como locos, felices, hasta que se dio cuenta de que eran casi las once de la noche y tenía el tiempo estricto para regresar a la fiesta donde la amiga de su mamá. La acompañé en un taxi hasta una cuadra antes del sitio de la fiesta y me devolví en el último bus que pasaba cerca de mi casa. Si mi mamá se entera se priva, pensaba.

IX.

(Fabián)

En la ruta me tocaba sentarme al lado de ella porque los puestos eran fijos y no podía pedirle a la profesora que me cambiara de sitio solo porque había visto a Martina hablando con Alejo en el recreo y me había dado cuenta de que él era un traidor y ella una infiel que me engañaba. Además, no era verdad, porque ni era mi novia, ni él sabía que ella me gustaba. Pero así es como piensa uno en esos momentos y por eso es que a veces se hacen cosas que no se deben hacer.

Ese día en la ruta estuvimos callados largo rato, hasta que Bernardo Galvis, nuestro compañero de silla, se bajó. De inmediato, Martina me preguntó que qué me pasaba, pero yo le dije que nada, que había perdido un examen de matemáticas, pero le noté en su mirada que no me creyó. Entonces le dije, de golpe, que ella sabía muy bien lo que me pasaba y ella me contestó que yo estaba loco y cambió la conversación.

Martina me preguntó que yo qué deseaba ser en la vida, y cuando le dije que soñaba con ser médico, dijo que no me había entendido la respuesta y que ella no me estaba preguntando por lo que quería hacer, sino por lo que quería ser. Ser y hacer no es lo mismo, como tampoco lo es ser y tener.

Entonces me aclaró que ella todavía no sabía qué profesión quería estudiar, pero si tenía claro que quería ser feliz.

—Tú dices que quieres ser médico, pero ¿por qué? ¿Crees que eso te haría feliz?

—Bueno, mi papá dice que es una buena profesión, que los médicos ganan buen dinero.

—¿Y eso te haría feliz?

—No quiero ser pobre…

—Y, ¿para ti que es ser pobre?

—No sé…, quien no tiene las cosas que necesita.

—Yo pienso diferente, para mí pobre no es el

que tiene poco. Pobre es el que necesita mucho y desea y desea y desea más. Cualquier cosa a la que te dediques no puede ser en contra de la felicidad. Uno puede tener pocas cosas y ser feliz. Las mínimas. Si tuviera muchas cosas tendría que ocuparme de atenderlas. Quisiera siempre tener mucho tiempo para dedicarlo a las cosas que realmente me motivan.

—Y… ¿a qué viene todo esto?

—Es que en religión nos enseñan a hacer nuestro proyecto de vida y para mañana tenemos que llevar el objetivo.

—Y, ¿el tuyo es…?

—Ser feliz… Ese debería ser el objetivo de nuestras vidas. Cualquier cosa que uno haga, cualquier cosa a la que uno se dedique, debe ser para ser feliz. ¿No crees?

—Pero si eres pobre…

—Puedes ser feliz, mira a Alejo.

—¿Qué pasa con Alejo? —exclamé ofuscado.

—Es uno de tus mejores amigos, según tengo entendido.

—¡Era! —dije con violencia.

—No entiendo, pero bueno… Has ido a su casa, supongo. Vive en un barrio muy pobre, no trae dinero para la merienda. Su papá vende flores y su mamá cose para señoras muy ricas como la tuya. Pero tú llegas a esa casa y sientes que son felices.

—¿Has ido a su casa?

—Sí, claro. El sábado pasado estuve en su casa y fuimos a una caseta a bailar.

—¿Caseta? ¿A bailar?

—Sí, jíbaro, salsa.

—Música champetuda. Vulgar. Ahí está pintado.

—A mí me gusta, nunca me había sentido tan feliz.

En ese momento, sentí que todo me daba vueltas. Ya no me cabían dudas. ¡Martina estaba enamorada de Alejo!

—Entonces te habrás dado cuenta. Alejo siempre está de buen humor, contento, con un chiste en la boca. Nadie nota, a través de su comportamiento, la situación económica en que vive su familia. Y es que la felicidad no es directamente proporcional a la situación económica. ¿Tú quieres ser feliz?

—Sí, claro…

—Entonces, igual que yo. Quieres ser feliz, eso es lo que quieres ser, pero ¿qué te hace feliz?

—Jugar, montar bicicleta, ir al mar, oír historias, contar historias…

—¿Te gusta la historia?

—Bueno, no sé… la clase de historia me aburre. Pero me gusta cuando me cuentan un cuento y me gusta contarlos. Y me encanta saber cómo fue que ocurrieron las cosas, quiénes las hicieron…

—Entonces sí te gusta la historia. El aburrido debe ser el profesor. ¿Quieres ir a un paseo?

—¿Un paseo? ¿Adónde?

—Aquí mismo. Vamos a caminar por los monumentos, el sábado… Mi mamá nos lleva.

—¿Monumentos? ¿El sábado? Tengo partido de fútbol, pero…

—No sé, ya me tengo que bajar… Tú verás…
Yo voy. Tengo que hacer un trabajo de sociales.

Se levantó con su natural alegría y, al llegar a la puerta del bus, se despidió con una sonrisa pícara, un tanto coqueta que me sorprendió.

¡Claro que iba a ir! Me sentía feliz de poder hacer algo con Martina, no sabía qué iba a hacer con el partido de fútbol, ni qué explicación le daría a mis amigos o al entrenador. Pero de que iba al paseo, iba. Esa oportunidad no la podía perder.

Una caseta en un barrio de esos y bailando esa música tan perrata. ¿Cómo es que se llama? ¿Jíbaro? Y en esos aparatos que hacen tanta bulla… No lo podía creer. Cuánto había cambiado Alejo con solo bajar de estrato, cuando lo de nosotros era la música solle: el rock, el pop, la música disco, la música country y escucharla por la Voz de la Victoria y en el Cartero Todelar, por la Voz de las Antillas, que era un programa de radio que pasaban todos los sábados en la mañana, en el que uno podía mandar mensajes y dedicarle canciones a las peladas. Y para bailar estaba el Molino Rojo, una discoteca con todas las de la ley, oscurita, con luces de colores que quedaba acá de este lado, y en la que los colegios de gente bien organizaban matinés bailables los domingos, de dos a seis de la tarde, para recoger plata para la excursiones de último año. Allí todos nos conocíamos y no había ningún peligro, pero, ¿una caseta? ¡Qué peligro! Seguro que doña Clara no sabía nada de eso. Pensé que debía hablar con ella o contárselo a Carlos Mario o a María Clara, sus hermanitos, para que ellos se lo contaran sin involucrarme.

X.

(Fabián)

El sábado, contra mi costumbre de dormir un poco más que el resto de los días de la semana, me desperté muy temprano, me bañé, desayuné y me puse a leer unos libros de historias y leyendas de Cartagena, mientras llegaba la hora acordada con Martina.

A las nueve pasaron por mí en el pequeño carro de doña Clara, quien nos dejó en las murallas, en la subida de las Bóvedas, frente al Colegio Salesiano. ¡Vaya cosa sorprendente! Ahí estaba Alejo, sonriente, esperándonos quién sabe desde cuándo. Empezaba mi calvario. Más adelante vi a otros estudiantes del colegio y a la profesora que dirigía los proyectos especiales, había estudiantes de todos los cursos y yo que había pensado que era un paseo de los dos. ¡Qué iluso!

Subimos a las murallas y, de inmediato, empezó la perorata de la maestra.

—Cartagena de Indias es una ciudad que desde sus inicios hasta hoy ha influido notablemente en los hechos de Colombia. En tiempos precolombinos habitaban en sus costas aborígenes guerreros de la raza Caribe que habrían de causarle problemas a más de una expedición colonizadora que se atreviera a desembarcar en sus playas.

Me parecía la misma clase, pero en las murallas, a pleno sol, con la camisa pegada al cuerpo por el sudor. La profesora no paraba y cada vez veía a Martina más cerca de Alejo.

—Le tocó entonces el honor de la fundación al madrileño Don Pedro de Heredia, el 1 de junio de 1533, con el nombre de "Cartagena de Poniente", para diferenciarla de "Cartagena de Levante", en España, ambas con bahías similares.

—Pero, no entiendo —dijo Martina, de repente—. ¿Por qué tenían que fundarla? ¿Acaso no había gente aquí? ¿No existía una población organizada? ¿No tenían un nombre? ¿No tenían creencias?

—Sí —agregó el sapo de Alejo, tirándosela de sabihondo—, tengo entendido que no solo había organización social, sino que también tenían una religión y una lengua. Se llamaba Karmairí.

—Eso se llama despojo —agregué yo, haciéndome el interesante y Martina me volvió a mirar con la misma mirada del día en que jugábamos a la guerra.

—Es como si alguien se presentara a tu casa y llegara a dar órdenes y a imponer su forma de vivir. Saca a tus papás de la mejor habitación y se la coge para él, te quita el televisor y la cama y hasta te dice qué programas debes ver y qué música tienes que escuchar. Eso fue lo que hicieron los españoles con los indígenas, los sacaron violentamente de su propia casa —repliqué sorprendido de mí mismo.

—Muy bien jovencito —dijo la profesora asombrada, porque nunca me había visto participar en este tipo de proyectos. Caminábamos bajo el sol por el filo de las murallas.

—¿Saben ustedes por qué Cartagena es una ciudad amurallada?

—No es amurallada, profe —riposté Alejo, quien llevaba un rato callado por mi anterior discurso.

—¿Cómo así? —contestó la profe.

—Es una ciudad abaluartada. Cartagena, más que murallas, tiene baluartes, unidos por pequeñas cortinas de murallas.

—Sí —agregué con rapidez, para robarme la palabra y no dejarme ganar de Alejo, aprovechando que ese era un tema que por casualidad me había tocado exponer el año pasado para recuperar sociales y me lo sabía de memoria—. La naciente población sería blanco de la codicia de invasores ingleses y franceses, y es que su calidad de puerto negrero y comercial la hacía muy atractiva a ojos foráneos. Por lo tanto, su protección y defensa eran más que urgentes.

Pero inmediatamente saltó Alejo.

—Las construcciones comenzaron en el siglo XVI con el Fuerte del Boquerón. Luego vendrían, poco a poco, las diferentes fortificaciones que rodearían a la ciudad de acuerdo a las exigencias y la evolución del arte militar en los siglos XVII y XVIII. Sin embargo, no por esto la ciudad se salvaría de invasiones como la del Barón de Pointis, que la dejó arruinada. Aquí, donde estamos parados ahora mismo, es el Baluarte de Santa Catalina.

La profesora estaba sorprendida con mis conocimientos, y Martina reía con picardía por la evidente competencia entre Alejo y yo.

—Pero mucho antes que el barón de Pointis, había llegado a la ciudad el pirata francés Robert Baal —agregué tratando de dejarlo mal, pero de inmediato continuó con su actitud de nerd.

—Ajá, es verdad, pero cuando ese pirata francés llegó, la ciudad no tenía aún fortaleza alguna, no había ni murallas, ni baluartes. Los piratas penetraron, de una manera inesperada, en la mañana de la víspera del matrimonio de la sobrina de Heredia y utilizaron las herramientas de destrucción. La gente de Cartagena creía que el ruido provenía de la música para la fiesta de matrimonio. Cuando se dieron cuenta de su error, la ciudad ya estaba ocupada por los piratas.

—Y a Heredia le tocó pagar doscientos mil pesos en oro por el rescate —agregué acordándome de ese detalle que me había llamado la atención el año anterior.

La profesora nos felicitó a los dos sin notar que se trataba de un duelo que se había iniciado en su clase de proyectos especiales y que quién sabe cómo iba a terminar. Una vieja amistad estaba a punto de llegar a su final.

Ambos quedamos comprometidos, sin quererlo, a participar en otro de estos dichosos paseos, el sábado siguiente, en el Castillo de San Felipe. Los del equipo de fútbol me iban a linchar.

Martina sí parecía entender lo que ocurría y reía a carcajadas de nuestra ridícula competencia.

—Tendrán que estudiar como nunca —dijo, cuando bajamos de las murallas para esperar el carro de su mamá.

—Me gusta la historia —dijo Alejo con la cara seria.

—Y yo quiero ser historiador —dije de inmediato—, ¿y tú Martina?

—Ya te dije. ¡Quiero ser feliz!

—Pero, ¿qué es la felicidad? —le pregunté.

—La felicidad es estar satisfecho contigo mismo —me respondió sin dudarlo.

—Pero uno debe tener metas concretas

—riposté.

—Y sueños —dijo Alejo, metiendo la cuchara en la conversación.

—¿Saben cuál es la diferencia entre un sueño y una meta? Una meta es un sueño con una fecha concreta para convertirse en realidad. Un sueño es solo un sueño, algo que está fuera de la realidad. Así que tenemos que atrevernos a soñar, pero también a esforzarnos por lograr que esos sueños se hagan realidad.

XI.
(Alejo)

Esa fue una semana difícil en el colegio. No sabía cómo tratar a Martina, no me hablaba con Fabián y no tenía claro por qué razón. Me tocaba llegar a la casa a trabajar porque mi papá había logrado una gran venta de flores para el exterior y, a todos en la casa, nos tocaba ayudarle a empacar. Además, estaba leyéndome un libro que contaba la historia del Castillo de San Felipe porque no quería que Fabián me embromara delante de todos, sobre todo delante de Martina, que se notaba que era su principal propósito.

A veces me parecía que jugaba con nosotros, que se burlaba. Pero eso no me parecía posible en ella. No era coherente con las cosas que decía. El problema estaba en nosotros y no en ella. Ni siquiera me había atrevido a preguntarle por el papelito del otro día, menos mal, porque seguramente estaba haciendo una interpretación equivocada. Allí solo decía que me quería y eso puede ser normal entre dos amigos, además lo de los labios es algo que hacen casi todas las peladas de su edad. Creo que estaba interpretando y juzgando ese acto con mi deseo y no con la verdad. Claro, y sin duda en vacaciones se hizo novia de Fabián y por eso estaba así de molesto, seguramente pensando que yo era un traidor y un mal amigo. Pero no era lo uno ni lo otro, solo que me estaba tragando de Martina y estaba viendo las cosas como no eran. Había tomado la decisión de alejarme un poco y hablar con ella lo necesario, pero sin ser grosero, porque ella no se lo merecía. No quería hacerle daño. Solo le deseaba el bien. ¿Acaso la amaba? ¿A qué edad se empieza a amar? Había leído en alguna parte que existe una gran diferencia entre estar enamorado y amar realmente a otra persona.

Nos enamoramos cuando conocemos a alguien por quien nos sentimos atraídos dejando caer frente a ella las barreras que nos separan de los demás. Este sentimiento nos produce gran placer, hasta la química de nuestro cuerpo cambia, dentro de este se producen unas sustancias llamadas endorfinas. Nos sentimos felices y andamos todo el día de buen humor y hasta atontados. Cuando estamos enamorados nos parece que nuestra pareja es perfecta y la persona más maravillosa del mundo. ¿Estoy atontado? ¿Es eso lo que me hace ver cosas que no existen? ¿Cómo voy a amar a Martina si casi no la conozco? Creo conocerla. Pero no sé… ¿Cómo la voy a conocer si solo tengo dos meses de habérmela encontrado de nuevo y la veo solo en clases?

El amor exige conocer a la otra persona, requiere reconocer los defectos del ser amado, necesita ver lo bueno y lo malo. Tener la seguridad de querer estar con la persona amada "a pesar de…", poner en la balanza lo bueno y lo malo… para después seguir amándola. Enamorarse es maravilloso, pero es solo el principio. Algunas personas terminan sus relaciones cuando la magia de haber conocido alguien nuevo desaparece; cuando empiezan a ver defectos en la otra persona y a darse cuenta de que no es tan perfecta como pensaban. ¿Veo yo los defectos de Martina? ¿La veo como es o como quiero que sea? Por eso a veces siento que se burla, que sabe que estoy enamorado de ella y juega con eso. Pero también creo que eso me lo he inventado. Así no puedo amarla, si algo me ha enseñado mi mamá es que cuando amas a alguien puedes ver sus defectos y los aceptas, entiendes que, como ser humano, esa persona es susceptible de cometer errores. Al mismo tiempo esa persona ve tus propios defectos y los entiende. El amor verdadero es realista y no idealista. No cree en cuentos de hadas, príncipes azules o princesas encantadas. Por eso mi papá y mi mamá han podido sortear tantos problemas sin poner en riesgo nuestra familia. Cuando mi papá se quebró tuve miedo porque discutían mucho y mi mamá parecía como decepcionada de él. Pero no, ella se puso a su lado y juntos están saliendo de los problemas.

En cambio, los papás de Martina, a pesar de no tener los problemas económicos que nosotros tenemos, no resistieron tanto y se separaron. Entonces se regresaron a Cartagena con doña Clara, porque parece que su papá se consiguió a otra mujer, mucho más joven que doña Clara. Por lo menos es lo que dice ella, cargada de rencor, y eso le ha dado duro a Martina, porque ella quiere mucho a su papá, y aunque él le da todo lo que ella necesita económicamente, no lo tiene para abrazarlo, pedirle un consejo o simplemente hablar con él cuando le dé la gana. Martina realmente piensa otra cosa… Cree que su papá sencillamente se cansó de las tantas exigencias de su mamá, porque él era un hombre libre y ella piensa que a la gente como su mamá no le gusta aguantarse la libertad ajena; a nadie le gusta vivir con una persona libre, aunque diga lo contrario.

XII.

(Alejo)

Siempre que pasaba en las busetas, camino de mi casa al colegio, me entraban unas ganas de recorrer aquel maravilloso castillo. Pero nunca lo había hecho. Parece mentira, pero los que menos conocemos el castillo somos los propios habitantes de la ciudad. Parece que solo fuera para los turistas, casi toda la ciudad parece más para los turistas que para sus propios habitantes. Por eso, esa mañana, llegué a la cita con una emoción especial.

Los dos recintos del Polvorín se hallaban expuestos, a cielo abierto, sin tendal, ni techado, y con rampa hacia el recinto. Las trampas para intrusos estaban expuestas al cielo y, cuando le pregunté a la profe por qué estaban así, me dio una tímida respuesta que me indicó que no sabía bien qué era lo que le preguntaba. (Conocía estos términos porque los leí en un libro que encontré en la biblioteca y los anoté para aprendérmelos de memoria y descrestar con ellos.)

Pero de inmediato, comenzó una disertación acerca de la historia del castillo que se me hizo bien interesante.

—El Castillo San Felipe de Barajas es una fortaleza militar en la ciudad de Cartagena de Indias construida por los españoles durante la época colonial. Fue la más grande de las fortalezas españolas construidas en el continente americano.

La profesora iba contando la historia mientras subíamos o bajábamos por las diferentes rampas del castillo.

—Recibió el nombre de San Felipe en honor a un soberano español. Como pueden ver, es de forma triangular, posee cuatro puestos de control y ocho cañones. Resistió a varios asaltos, especialmente al ataque a la ciudad en 1741 por las tropas inglesas del Almirante Vernon.

Todos escuchábamos como atontados, envueltos por la magia que despedía el fantástico lugar.

—¿Podemos entrar a los túneles? —preguntó Martina, con su singular atrevimiento.

—Por supuesto —dijo la profe—, pero con cuidado.

—¿Acaso son peligrosos? —preguntó alguien del grupo.

—No, no… pero algunos son oscuros y deben tener cuidado. Vamos a ir por parejas… no quiero a ninguno solo. En una hora nos volvemos a encontrar aquí.

Sentí que la mano de Martina tomó la mía y me hizo avanzar hacia la derecha, en donde estaba la entrada de uno de los túneles.

Al voltear hacia atrás, pude ver a Fabián mirándonos con angustia, mientras la profesora lo conducía hacia el otro lado del castillo. A pesar de la alegría y la emoción, sentí cierto desconcierto al verlo tan impactado.

Recorrimos completo el sistema de túneles, hasta que nos perdimos en su oscuridad. En una de esas exploraciones terminé en la sentina del Castillo, como en el fondo de un barco. Me asusté porque no había dibujado un mapa mental de salida. Martina me abrazó inesperadamente y pude sentir el temblor de su delgado cuerpo. La abracé, busque su cara con mis manos y de repente sentí su beso. Luego sentimos voces y nos apartamos. Seguimos las voces que salían fragorosas del túnel. Según la profesora, tenía el nombre de poterna y es un túnel con rampa. Las voces retumbaban al fondo. Caminamos unos cinco o seis pasos tanteando como los ciegos y nos encontramos con un golpe de luz en nuestras caras, no sé cómo, pero así como acabamos allá abajo, ahora estábamos acá arriba de nuevo, como por arte de magia.

Allí estaba Fabián, frente a nosotros, separado un poco del grupo. Nos miró con cara de interrogación y ansiedad.

—¿Cómo les fue? —preguntó luchando con su dignidad.

—Bien —contestó Martina, y caminó hasta su lado—. ¿Y a ti?

—Estuve con la profesora. Esos túneles son una maravilla. ¿Estaba muy oscuro el de ustedes?

La excursión demoró un rato más. Martina continuó el recorrido al lado de Fabián, como para limar asperezas, pero me lanzaba miradas de complicidad para tranquilizarme.

Estando en el punto más alto del cerro, donde residía el Castellano (según la profesora), que era algo así como el comandante del batallón, me sentí el hombre más feliz de la Tierra por lo que me había ocurrido en las entrañas del castillo y me maravillé con la inmensidad y la magia de la fortificación.

XIII.

(Fabián)

Después de lo ocurrido en el castillo, tomé la decisión de hablar con ella para aclarar la situación. Me sentí raro. Martina bajó a los túneles con Alejo, tomándolo de la mano y dejándome sin opción de acompañarla. Pero, al regresar, se alejó de él y siguió el recorrido conmigo. ¿A qué jugaba? Me tenía confundido. ¿Había pasado algo en ese túnel? ¿Por qué tanta amabilidad al salir? ¿Complejo de culpa?

Alejo se notaba demasiado contento, casi eufórico, se le notaba en el brillo extraño que tenía en los ojos y en la manera como la miraba. ¿Qué habría pasado? ¿Ya eran novios? Seguramente se habían besado y se portaba así conmigo por lástima… No quiero que nadie sienta lástima por mí. La lástima es horrible, es un sentimiento de pena o dolor por alguien que sufre o ha sufrido un mal. Y eso no me gusta; que nadie lo sienta por mí. O, ¿acaso solo eran amigos y yo me estaba inventando toda esta telenovela de infidelidades y traiciones? ¡Qué vaina estar enamorado!

Necesitaba aclararlo todo lo más pronto posible o me iba a volver loco.

Decidido, a la mañana siguiente, la fui a buscar a su casa pero no la encontré. Me sorprendió por lo temprano que era, pero Carlos Mario me aclaró con cara de maldad.

—La vino a buscar Cristóbal.

—¿Cristóbal?

—Sí, el del gallinero, el que te iba a pegar el otro día. Creo que quería mostrarle unos pollitos.

—¿Pollitos?

—Sí, de colores.

—Y, ¿se fue para el gallinero sola?

—No, con Cristóbal.

—¿Hasta el barrio militar?

—Sí, no es tan lejos… Cristóbal le prometió a mi mamá que la traía de regreso. Creo que se pueden venir caminando por la playa.

—Ah… ¿Tu mamá conoce a Cristóbal?

—Sí, claro, él a veces le arregla la nevera.

—¿La nevera?

—Sí, es que él sabe bastante de eso, y de muchas cosas más, cualquier cosa que se dañe Cristóbal la arregla, su papá tiene un taller, y a mi mamá le gusta mucho eso y dice que Cristóbal es tan hábil que es capaz de desarmar hasta un balín.

—¿Hace rato se fueron?

—Sí, uff… Hace como una hora…

Cuando pensé que lo de Cristóbal pertenecía al pasado, se me volvía a aparecer sin avisar. Solo entonces caí en cuenta que Martina, en ningún momento, me había negado su noviazgo con él. Solo había callado al respecto. Y por ahí dicen que el que calla otorga. Sentí como un desvanecimiento, como si el piso se me moviera. Una cosa era Alejo quien, a pesar de todo, era mi amigo, y otra diferente era el Cristóbal ese, que sospechaba que le podía llegar a hacer daño.

Me fui caminando por toda la playa, con el sol intenso sobre mi cabeza atizando mis pensamientos, pensaba llegar hasta el gallinero y dejarme ver para obligarla a darme una explicación, para desenmascararla. Para que se diera cuenta que yo no era un bobo. Pero, y entonces, ¿qué papel jugaba Alejo en todo esto? ¿También lo engañaba a él? ¿O simplemente eran amigos y estaba enterado de todo? Entonces Alejo no era leal conmigo porque, si yo estuviera en su lugar, le habría contado para evitar que lo engañaran. Como era domingo, la playa se estaba llenando de bañistas y vendedores ambulantes. Atravesé todas las playas del barrio y, al llegar a las piedras que dividían estas playas con las del barrio militar, me detuve un instante a pensar; de repente, los vi aparecer por la calle que daba directamente del gallinero a la playa, la calle en la que vivía Cristóbal. Estaban como a cien metros de distancia y el resplandor no me dejaba ver bien. Venían hacia la playa. Cristóbal traía unas raquetas de madera en las manos y Martina venía comiendo flores. Me escondí detrás de una piedra enorme para no ser visto. Llegaron hasta una carpa en donde otras personas los esperaban. Martina saludó y se sentó en una silla a terminar de comerse las flores. Cristóbal la invitó a jugar y ella tomó una de las raquetas. Tenía un short blanco y una camiseta negra de los Beatles. Se notaban felices, reían por cualquier tontería. Sin duda parecían novios.

Pensé acercarme para reclamarle con mi presencia, pero llegué a la conclusión de que no tenía ningún derecho a hacerlo ni tenía que molestarme. Ella realmente no era mi novia, solo era una amiga de la infancia, con la que hacía poco me había reencontrado en el colegio, después de varios años. Mi reclamo no tendría ningún sentido. Ya ni siquiera era mi mejor amiga, porque yo le había aclarado que no quería ser mejor amigo de nadie. Entonces, ¿qué hacía ahí como un tonto rumiando mis celos?

Regresé a mi casa lo más pronto que pude, evitando encontrarme con alguien, escondiendo la mirada, con un vacío enorme en la parte alta de mi estómago y me encerré en mi cuarto a llorar hasta que se me agotaron las lágrimas.

Quise hablar con mi mamá, contarle lo que me pasaba, sentarme en sus piernas como cuando era un chiquito, para que me consintiera, para que me sobara la cabeza con sus manos suaves, pero cuando llegué a su cuarto, la encontré frente al espejo maquillándose y poniéndose bonita para salir. Mis hermanos tampoco se encontraban. Me sentí perdido y derrotado.

XIV.

(Alejo)

Desde el día del castillo de San Felipe empecé a llevarle flores al colegio todos los días. El primer día me sorprendió pero después empecé a disfrutar viendo que las escondía dentro del pupitre para comérselas en medio de las clases.

Fabián dejó de hablarme sin ninguna explicación y siguió encontrándose con Martina en los recreos y comprándole la merienda. Un día intentó acercarse para decirme no sé qué cosa mala acerca de Martina con un tal Cristóbal, pero no se lo permití y creo que eso lo distanció definitivamente. Nunca me metí en la relación de Martina con Fabián, nunca le pregunté nada, porque no estoy de acuerdo con meterme en la vida de nadie y porque ella tampoco lo había permitido.

Mientras que yo le llevaba flores, ella me regalaba papelitos con frases, pensamientos o poemas.

Tú haces tú cosa y yo hago mi cosa,
no estoy en el mundo para vivir
conforme a tus ilusiones.
Ni tú estás en él para vivir conforme a las mías.
Tú eres tú y yo soy yo,
si nos encontramos, es hermoso.

Más claro no canta un gallo. Martina no permitía que nadie se metiera en su vida privada y en las relaciones con sus amigos. Ni permitía ser poseída por nadie. Era una Leo típica y, aunque no creía en el horóscopo, le gustaba ser identificada como tal.

—La mujer Leo es una persona de gran corazón —me dijo alguna vez—. Y siempre tomamos la iniciativa para ayudar a quien nos necesite.

—Pero son egocéntricos —le contesté.

—Seguros de sí mismos que es diferente —me refutó de inmediato.

—Tenemos grandes habilidades y talentos —agregó bromeando.

—Les gusta mucho mandar.

—Te equivocas. Somos de carácter fuerte y tenemos deseos de hacer algo grande en el mundo. Mira a Bolívar, era Leo y fue el libertador de América.

—Pero les gusta ser siempre el centro de atención. Sienten necesidad de serlo. Mira como estamos todos en el colegio…

—¿Cómo?

—Alrededor tuyo.

—Ah, es que encima de mí, solo Dios, porque Leo es el sol —concluyó riendo.

Pero eso solo lo decía en broma. Su conducta se debía a algo mucho más profundo. Al convencimiento de que todos tenemos que respetar a los demás en sus espacios y sus diferencias. No aceptaba que nadie sometiera a nadie ni que alguien se dejara someter o manipular.

—No creo en los horóscopos, Alejito. Cada quien construye su propio camino. Como dijo el poeta: caminante no hay camino, se hace camino al andar...

Ahora me era imposible bajar en los recreos porque el padre rector me había asignado una nueva tarea: quedarme en la biblioteca a esa hora, cuando realmente no me tocaba hacer nada. Salía diez minutos antes que mis compañeros para comer algo y durante el recreo me podía quedar leyendo, repasando o poniéndome al día con alguna tarea. Al final recogía los libros que dejaban en desorden sobre las mesas, cuando sonaba la campana y todos salían corriendo para ver si alcanzaban a ir baño y no llegar tarde a clases. También me era permitido regresar diez minutos tarde a clases, pero trataba de evitarlo porque a muchos profesores eso no les gustaba.

Pero a mí no me molestaba no poder bajar porque confiaba plenamente en Martina, y en el fondo continuaba sintiendo a Fabián como a un amigo, aunque la amistad, en ese momento, estuviera en receso.

La semana en que por fin íbamos a entrar a vacaciones de mitad de año, Martina me dijo que quería que organizáramos una fogata en la playa. Le dije que me encantaría, pero que recordara que yo vivía en un barrio lejos, en los extramuros y que ya no contaba con la casa de Fabián para quedarme a dormir allá. Pero me dijo que no me preocupara, que ella arreglaba eso, que no podíamos dejar de ser amigos y que, además, ella deseaba que en esa fogata estuvieran todas las personas que ella quería.

—¿Y tú me quieres o no?

—Sí, sí, pero es que…

—¡Nada! Yo lo arreglo.

Nunca la había notado tan excitada. Toda la semana se la pasó organizando la fogata, pensando en los invitados. Así todos los días hasta que llegó el viernes. La fogata sería una semana después, para organizarla bien. Le dije que ayudaría en lo que pudiera desde mi casa porque tenía que colaborarle a mi papá en la floristería y solo me podría ir para Crespo el mismo día de la fogata, en la mañana, y eso después de que ella me asegurara que había hablado con Fabián al respecto.

—Ya hablé con él —me contestó con picardía—. Todo está arreglado. Incluso con sus papás, que no entienden por qué te has perdido.

—No les habrás dicho que Fabián y yo no nos…

—No, no te preocupes…

A pesar de su afán y su evidente excitación, tampoco ese día pude notar nada fuera de lo normal que diera señales acerca de lo que esa noche iba a ocurrir.

XV.

(Fabián)

Todo lo realmente extraordinario e insólito había empezado esa tarde, como tantas otras del mes de julio, época de vacaciones, en una ciudad del Caribe: calor, pereza, siesta, tranquilidad. Ninguna de las personas afectadas por los acontecimientos ocurridos la noche siguiente, en la playa de las monjas, pudo alegar tiempo después que había presentido la desgracia que nos acechaba, porque la verdad es que lo ocurrido nos cambió la vida a cada uno de los que estuvimos allí.

Ni siquiera mi abuela Manuela, quien se había ganado la fama de pitonisa después de haber soñado con el accidente de un avión de pasajeros que había caído estrepitosamente en las aguas del corregimiento de La Boquilla, un pueblito de pescadores ubicado en la cabecera del aeropuerto de Crespo, dos días antes de que aquel ocurriera. Hizo una descripción tan precisa de los acontecimientos que, gracias a su relato detallado, las autoridades pudieron enterarse del robo del que fueron objeto los pasajeros e, incluso, identificar a los ladrones por la ropa que llevaban puesta esa noche, que era la misma con la que mi abuela los había soñado antes de que el siniestro ocurriera. Tampoco Jorge Luis, uno de nuestros amigos de cuando jugábamos a la guerra en mi casa, quien a pesar de tener doce años, porque era el menor de todos nosotros, juraba por su madrecita, que era lo que más quería en este mundo, haber tenido varios encuentros con extraterrestres en el cerro de La Popa; ni siquiera él tuvo la más mínima sospecha de que estábamos frente a algo tan increíble y doloroso. Hasta mi mamá, quien se las sabía todas, me dio el permiso para ir a la fogata sin casi preguntar nada, y hasta nos dio plata para comprar algunas cosas que se necesitaban. Doña Clara, la mamá de Martina, preparó los sánduches de mortadela y queso que tanto nos gustaban y los envolvió en servilletas y papel de aluminio, antes de guardarlos en la canastilla donde siempre los llevaba a los paseos. Diego Lara, un muchacho de décimo que Martina había invitado y era un poco mayor que nosotros y tenía el pelo largo hasta los hombros, prometió llevar su guitarra.

Mis amigos consiguieron todo lo necesario: unas cuantas llantas gastadas, la gasolina y los fósforos para encender el fuego, una buena guitarra para los que cantaban, sábanas por si nos daba frío, una pelota con la que casi nadie jugaría por la oscuridad de la noche, linternas por si acaso, una grabadora de pilas grandes que sonara lo suficientemente alto y pilas de repuesto, muchos casetes con la música de moda, papas fritas, masmelos y toda clase de chucherías para comer y beber. Algunos hasta llevaron a escondidas unas botellas de vino Moscatel porque se encontraron ahí, vacías, al otro día.

Hacer fogatas de noche en la playa, bajo la luz de la luna, era algo normal en esa época del año, cuando todos los colegios estaban de vacaciones. Se cantaba, se bailaba, se jugaba, pero sobre todo, se contaban chistes y cuentos, especialmente cuentos de terror, que tenían que ser renovados de manera permanente para que no perdieran la gracia de asustarnos

—Un día Raquel salió del colegio como todos los días, pero ese día, por alguna razón, decidió tomar un camino diferente. Después de caminar varios minutos, vio a una niña llorando y Raquel le preguntó que qué le pasaba. La niña señaló con el dedo una casa vieja y… —contaba alguien con intensión dramática.

—¿Y qué? ¿Qué pasó? —preguntó otro con intriga.

La última vez que la vi, Martina estaba sentada al frente mío, mientras jugábamos a la penitencia con una botella de gaseosa que hacíamos girar al azar para ver a quien le tocaba cumplir con un castigo de difícil ejecución. Detrás de ella estaba la luna iluminándolo todo con el sortilegio de su luz. La miré y me sonrió con una extraña complicidad, como aquella tarde cuando jugábamos a la guerra. La música seguía sonando a lo lejos y la brisa fría de la noche nos acariciaba.

En esto de los cuentos de terror se comienza pero no se sabe cuándo se termina. Que la llorona loca, que el mohán, que el hombre sin cabeza, que la monja de la escuela de bellas artes, que el diablo que sale en el baño de un bar en el centro. Cuentan y cuentan cosas y te las meten bien adentro en la imaginación que ya no salen nunca de ahí y terminas jurando que es verdad, que lo has visto todo, y cuando lo cuentas, lo exageras y tú mismo te crees lo que estás contando, hasta que llega un momento que no sabes realmente qué es verdad y qué es mentira. Así ha pasado con lo que ocurrió ese día. Ya ni siquiera nosotros, los que estuvimos ahí, estamos seguros de qué fue lo que realmente ocurrió esa noche y terminamos enredándonos con los cuentos que han salido de la imaginación de muchos, en los que Martina nunca sale bien librada por los prejuicios de la gente. Por eso, es importante este esfuerzo por hacer el relato. La memoria nos engaña, los objetos que nos rodean pueden ser reales pero lo que experimentamos como realidad son, muchas veces, ilusiones creadas por nuestro cerebro. Creo que cuando recordamos un suceso, el cerebro rellena los huecos con contenidos imaginados e irreales para otorgarle coherencia al cuento que estamos recordando. A veces recogemos información de una forma inconsciente. La actitud, la emoción, la imaginación y la importancia que le damos a lo vivido influyen en nuestro recuerdo. A veces recordamos cosas que no estaban y otras eliminamos cosas que estaban. Por eso, a veces mi cuento y el de Alejo no coinciden, aunque ambos estuvimos ahí cuando ocurrió todo.

Esa mañana del día de la fogata, habíamos estado juntos en el cine Martina y yo, viendo una película de Marisol, una niña española, que cantaba, bailaba y actuaba y que a mí me aburría mucho, pero que no sé por qué extraña razón a mi mamá y a la de Martina, les encantaba.

Por fin ese día tenía la certeza de que era novio de ella, después de tanto sufrimiento y de varios meses regalándole flores que me robaba, sin ningún problema de conciencia, de los jardines de la cuadra de mi casa y que ella comía con distracción, pero con buen apetito, cada vez que se las llevaba, envueltas en papel periódico para que nadie lo notara.

Entramos al cine con Carlos Mario, su hermano menor, quien en ese entonces tendría unos ocho o nueve años. Era una función de matinal, programada a las diez de la mañana, en el teatro Cartagena, especialmente para los niños que estaban de vacaciones.

La señora Clara, la mamá de Martina, sin sospechar mis intenciones con su hija, nos llevó a los tres en su Renault cuatro hasta la puerta del teatro y me dijo antes de irse:

—Vea que confío en usted, que ya es casi un hombrecito.

—No se preocupe doña Clara, usted sabe cómo soy yo…

—Ya veré.

La película se inició con una tonta canción española, acompañada de un baile más tonto aun. La verdad es que le puse poca atención. Me la pasé intentando acercar mi mano, mi brazo, cualquier parte de mi cuerpo, al cuerpo de ella… Me acercaba sigilosamente, con cuidado. Pero cuando estaba casi logrando el contacto, retrocedía asustado, temiendo el rechazo. Lo intenté varias veces aprovechando la oscuridad del lugar y vigilando a Carlos Mario, mientras ambos mantenían sus ojos pegados a la pantalla disfrutando las tonterías de la película española.

De repente sentí que su mano tocaba la mía. La tomaba sin agüero, sin importarle nada, ni su hermanito, ni la película, ni el sudor de mis manos, que aumentaba a la par de un corazón que estaba a punto de salirse del pecho.

No tuve tiempo de reaccionar porque, a los pocos minutos del tremendo susto que me llenaba de felicidad, empezaron a aparecer en la pantalla las letras que indicaban el fin de esa bendita película que no podría olvidar por el resto de mi vida.

Cuando salimos del cine y el sol del mediodía nos golpeó la cara, ya doña Clara nos esperaba parqueada en la puerta del teatro, con las compras para la fogata de la noche. Ahora sí estaba convencido, sin temor a equivocarme: Martina y yo ya éramos novios. Me lo había demostrado en esa función. Me había agarrado la mano y casi me besa. Y estoy seguro de que si la película no se hubiera acabado tan rápido ella me habría besado. Me sentí la persona más feliz del mundo y tuve ganas de brincar y saltar en un pie. Pensé que el mundo era bello y que la vida era hermosa. Me acordé que Alejo me esperaba en la casa para almorzar y sentí deseos de llegar rápido para ayudar en la organización de la fogata. No le contaría nada a nadie… Esa noche todos se darían cuenta. En ese momento no tenía razones para presentir nada malo.

XVI.

(Alejo)

Martina había hablado con Fabián para que me invitara a quedarme esa noche en su casa, y lo hizo sin mayores problemas porque en el fondo nunca dejó de apreciarme. Su mamá llamó a la mía y, como eran amigas, no hubo obstáculo para que me dieran el permiso para quedarme hasta el domingo en mi antiguo barrio de gente pudiente. Cuando llegué, Fabián había salido al cine con Martina y los hermanitos, pero no hubo inconveniente porque en la casa de él todos me conocían desde siempre, sobre todo Toñi y Yoyi, sus hermanos, con los que siempre me veía en el colegio.

—Es que está más tragado que calzoncillo de torero —me dijo Yoyi, tratando de justificar la ausencia de Fabián.

—No sé qué le ve a la monita flacuchenta esa —agregó Toñi—. Lo tiene como un bobo… Ya ni fútbol juega.

—¿Quién? ¿Martina?

—¿Quién más puede ser? Desde que anda con ella, ya uno no cuenta con él.

—¿Acaso son novios? —pregunté intrigado.

—No sé —contestó Yoyi—, a veces parece que sí, a veces que no.

—Yo más bien creo que está pagando patos —dijo Toñi—, esa pelada es como rara, pero yo mejor no le digo nada porque terminamos peleando.

Salí a recorrer las calles por las que había transcurrido mi primera infancia y me sorprendí de cuánto habían cambiado las cosas en tan corto tiempo. El campo en el que aprendí a jugar fútbol, era ahora un parqueadero del aeropuerto, en la casa donde vivían los "mata pollo", como les decían a unos vecinos que un día echaron a unos pollitos recién nacidos por el inodoro, habían construido un enorme edificio anaranjado, ya no existía la tienda del señor Tous, que era un hombre enorme, calvo y bonachón que siempre nos daba una ñapa cuando le comprábamos cualquier cosa, para lo cual siempre tenía un frasco de boca ancha, lleno de bolones blancos y rosados que tenían maní en el centro. Esos no eran para la venta, sino para dar la ñapa y por eso a nosotros nos encantaba que nos mandaran a hacer mandados a la tienda de ese señor, que siempre estaba de buen humor.

Al mediodía regresé a la casa de Fabián, justo cuando iban a servir el almuerzo, pero antes pasé por la de Martina y le dejé un ramo de rosas amarillas que mi padre le había enviado. Acababa de regresar de cine, las recibió con agrado y se las entregó a su mamá, quien las metió en un recipiente con agua. Me despedí, sonriendo, imaginándome el banquete que se iba a dar Martina con todas esas flores amarillas.

Después del almuerzo hablé con Fabián como no lo hacíamos desde hacía mucho tiempo. Conversamos de nuestros papás, de problemas familiares, de deportes, de personajes del barrio, de profesores del colegio, de lo tanto que me gustaba el lugar en el que yo vivía ahora y que él no podía entender como agradable porque creía que el bienestar solo era posible con dinero; también de las expectativas con la fogata de la noche. En ningún momento tocamos el tema de Martina. Era como si nos lo tuviéramos prohibido o como si nos diera miedo romper algún encanto.

En la tarde estuvimos buscando llantas viejas, piedras grandes, gasolina y leña para la fogata, luego nos fuimos a la casa de Manuel, el mismo que le había pegado a Fabián cuando aún éramos niños y que ahora era uno de sus mejores amigos. Estuvimos grabando unos casetes con la música que más nos gustaba: Fruko, Nelson y sus estrellas, Willie Colón, Héctor Lavoe, Richie Ray, Johnny Pacheco, Cheo Feliciano, Oscar De León, Rubén Blades, Carlos Santana, baladas románticas de Roberto Carlos, Juan Pardo, Leo Dan, Camilo Sesto, Claudia de Colombia, Abba, El Puma, Fausto, Juan Bau, Juan Erasmo Mochi y música americana de la mejor, los Beatles, los Rolling, Led Zeppelin, Deep Purple, Sex Pistols, The Clash, Bee Gees, Génesis, Pink Floyd, Queen, Supertramp, Emerson Lake and Palmer, Black Sabath, Joy Division. No me dejaron grabar ninguna canción jíbara, por más que les insistí, porque estaban todos llenos de prejuicios, pero realmente era un gran arsenal de música el que llevábamos, aprovechando que el papá de Manuel, el mismo al que le habían jalado el pelo jugando a la guerra, era un gran melómano y tenía un equipo de sonido espectacular.

Cuando terminamos de grabar nos fuimos a la playa para escoger y limpiar el sitio en donde íbamos a realizar la fogata y a acomodar las cosas más pesadas. Escogimos la esquina norte de la playa de las monjas, al pie de una casa bien grande y bonita, pero un tanto fantasmagórica, que una empresa de seguros tenía para alojar visitantes extranjeros. En la casa solo habitaban sus celadores, una pareja de ancianos, que casi no se sentían, pero que con su extraño aspecto de muertos vivos, le daban una sensación espeluznante al ambiente.

Después del aseo y de ubicar cada cosa en su sitio, ya caía la tarde y el cielo empezaba a volverse de fuego, calor, infierno. Rojos, naranjas y dorados cubrían el cielo como un manto, mientras el sol se empezaba a hundir en el horizonte, ahí mismito, detrás del mar. Un poco más acá, arriba de nuestras cabezas, las nubes se pintaban de rosa y de violeta. Volaban, flotaban y jugaban en el cielo que ardía en mil colores.

Una brisa cálida acariciaba las hojas del único almendro y las pocas palmeras que había en el lugar.

Y allá al fondo, en el otro extremo, empezaba a asomarse la noche. Entonces, los bombillos del mundo se encendieron.

Estaba seguro de que esa noche podría robarle otro beso a Martina para reafirmar la relación que ella había iniciado en aquel oscuro túnel del castillo de San Felipe de Barajas, y así disipar todas las dudas al respecto. Estaba seguro que Fabián terminaría comprendiendo y seguiría siendo mi amigo por siempre. Todos estábamos eufóricos.

XVII.

(Fabián)

Estaba contento de haber recuperado la amistad de
Alejo, quien no me tocó en toda la tarde el tema de
Martina. Seguramente entendía y aceptaba que era
mi novia y punto. No había nada que discutir. Era mi
amigo desde pequeñito y lo seguiría siendo por encima de todo.

Lo que sí me molestó un poco fue que Marina invitara a Cristóbal, porque no podía entender su relación con él, me parecía una persona mayor, con una vida rara, y no le perdonaba que me hubiera amenazado y mentido diciéndome que él era su novio.

Pero, ¿por qué ella era tan especial con él? ¿Por qué nunca le había reclamado las amenazas y las mentiras? ¿Por qué lo iba a buscar a su casa? Y, ¿por qué, por encima de todos, lo invitó a la fogata?

Cuando intenté oponerme, alegando que él no pertenecía a nuestro grupo y que era diferente a nosotros, de inmediato me contestó que todos éramos diferentes y que la convivencia consistía en eso precisamente, en que unos individuos diferentes compartíamos un mismo espacio físico y un mismo tiempo histórico, que teníamos la obligación de aprender a respetarnos como somos y que para eso teníamos que intentar comprender al otro. La convivencia pacífica es posible si respetamos la diferencia, «Tú a él no lo conoces, tal vez no sea como tú crees», y me cambió la conversación de inmediato, sin dejarme la posibilidad de responder. En el fondo tenía razón porque yo realmente no conocía a Cristóbal, solo me había inventado una imagen de él a partir del día que me amenazó.

Total que cuando llegamos a la playa ya estaba Cristóbal allí, acompañado de varios muchachos de su edad, algunos incluso fumaban de frente, sin ocultarse de las personas mayores, lo que no le gustó a algunos de nuestros padres; cuando preguntaban por ellos, que de donde habían salido, siempre la respuesta era la misma.

—Son amigos de Martina, la hija de
doña Clara.

Y ya nadie decía nada más. Además, Martina siempre estuvo atenta con ellos para que no quedara duda de que eran sus invitados.

Pero después de lo ocurrido en el cine, ya nada de eso me importaba. Martina era mi novia y solo tenía que hacer un pequeño esfuerzo por comprender su forma particular de ver el mundo, porque como ella decía, todos somos diferentes.

No me molestó ni le di importancia a que estuviera tan poco tiempo conmigo esa noche, me parecía que quería estar con todos, que se afanaba por estar con todos, por ser amable.

Un poco antes de verla por última vez, sentada al frente mío, mientras jugábamos a la penitencia, la vi pasear con Alejo por la orilla de la playa y, poco después, llegar a la ronda alrededor de la fogata y cantar a todo pulmón una canción de Pink Floyd, junto a Diego, el muchacho peludo que tocaba la guitarra.

Daddy's flown across the ocean
Leaving just a memory
Snapshot in the family album

Daddy what else did you leave for me?
Daddy, what'd'ja leave behind for me?
All in all it was just a brick in the wall.
All in all it was all just bricks in the wall.

Lo hacía remedando los gestos y los movimientos de los guitarristas de las bandas de rock. Todos brincaban emocionados con Martina a la cabeza, porque esa canción le encantaba. Diego continuó cantando:

We don't need no education
We don't need no thought control
No dark sarcasm in the classroom
Teachers leave them kids alone
Hey! Teachers! Leave them kids alone!
All in all it's just another brick in the wall.
All in all you're just another brick in the wall.

Sonaba la guitarra y otra vez todos coreaban.

Martina se veía realmente feliz. Al terminar la canción se acercó a nuestro grupo y se sentó en el suelo, exactamente al frente mío, y jugó un rato mostrándose bastante divertida.

Después que me miró y sonrió con esa extraña complicidad con la que a veces lo hacía y que era la misma mirada de cuando estaba pequeñita y jugaba a la guerra, se puso de pie y caminó hacia la oscuridad en la que se observaban sombras de grupitos que hacían su propia fiesta. Segundos después la perdí de vista, y aunque la busqué desesperadamente con la mirada e hice conjeturas acerca de dónde podría estar y me llené de unos celos locos que no me dejaban disfrutar el juego, no fui capaz de pararme a buscarla, por respeto y miedo a sus convicciones.

Durante un rato me imaginé que se había perdido en la oscuridad con Alejo, a quien tampoco veía, pero este pronto apareció y se sentó cerca de mí, alrededor de la fogata. Me pareció que estaba un poco triste.

Entonces, mi inquietud aumentó porque tampoco veía a Cristóbal. Estaban sus amigos, pero no estaba él. Me imaginé que estaba con Martina. Me puse de pie como un loco y llegué hasta donde Alejo.

—¿Has visto a Martina?

—No, hace rato que no la veo.

—Debe estar con Cristóbal.

—¿Con Cristóbal?

—Sí, ella y él…

—No, no puede ser.

—¿Por qué?

—Porque ahí viene caminando solo.

Lo vi bajando las escalerillas que conducían de la última calle del barrio hacia la playa.

—Además, me lo encontré comprando chiclets en la tienda.

—¿Y entonces? ¿Dónde puede estar?

—No sé, tal vez se fue con la mamá.

—No, doña Clara está por allá, preparando
unos perros calientes, mírala.

Alejo se puso de pie con cara de preocupación y caminó hacia la izquierda tratando de penetrar la oscuridad con su mirada. Yo hice lo propio hacia la derecha
y alcancé a divisar una silueta.

XVIII.

(Alejo)

Por primera vez tuve un mal presentimiento. No sé por qué, pero tuve un mal presentimiento. La ansiedad de Fabián también se había instalado en mi corazón que ahora latía como loco. Diego había dejado de cantar y de la grabadora gigantesca que había llevado alguien se escapaba la hermosa voz de Freddy Mercury cantando *The words of love* de Queen. Ese detalle nunca lo he podido olvidar.

Don't touch me now
Don't hold me now
Don't break the spell darling
Now you are near
Look in my eyes and speak to me
The special promises I long to hear...

Alcanzamos a caminar varios metros en distintas direcciones buscando en la oscuridad.

—¡Ahí está! —gritó Fabián con terrible angustia.

Me paralicé por un instante, pero al levantar la mirada la alcancé a ver metida en el centro de la luna. ¡Dios mío! No lo podía creer. Pero, ¿por qué hacía eso? Era una insensatez.

—¡Martina! No...

Fue tan fuerte el grito que todos los que estaban cerca miraron hacia nosotros. No lo podía creer. ¿Era yo el que había proferido semejante grito? Corrimos desesperados hacía el mar. La luna inmensa hacía un camino de luz en el agua. La mayoría nos siguieron corriendo detrás de nosotros. Freddy Mercury, sin entender lo que ocurría continuó cantando en la grabadora:

One foolish world, so many souls
Senselessly hurled through
The never ending cold
And all for fear and all for greed
Speak any tongue
But for God's sake we need...

Pero ya nadie lo escuchaba. La luna estaba inmensa. El camino de luz que se formaba parecía la entrada a un túnel y la superficie del mar estaba llena de flores. Sí, de flores, muchas flores: rosas, margaritas, girasoles, geranios, petunias, azucenas...

El primero que se lanzó al agua con desesperación fue Cristóbal, posteriormente lo hicimos Fabián y yo y, por último, doña Clara, quien se echó al agua completamente vestida. Braceamos violentamente, nadando hasta donde la habíamos visto por última vez.

Doña Clara notó algo que se movía frente a ella. Entonces, escupiendo agua, pudo gritar con todas sus fuerzas porque encontró la ropa de Martina. Otro grito, y nos mostraba su ropa preguntando: ¿dónde está ella?, ¿dónde está?

Cristóbal y Fabián parecían locos; se hundían y emergían una y otra vez de cabeza a lo más hondo del mar buscando algo que ambos sabían que no iban a encontrar.

XIX.

(Fabián)

Cansado, derrotado y con sentimiento de impotencia, me senté en la playa con la ropa empapada. La
brisa fría me calaba los huesos. La búsqueda llevaba
varias horas. Había luces de automóviles y gente con
linternas de un lado a otro. Los bomberos y policías
trataban de controlar a los curiosos. Alejo y Cristóbal
no se resignaban y seguían buscando como unos de-
mentes. Tal vez la amaban tanto como yo. Doña Clara
estaba deshecha y lloraba abrazada con Carlos Mario
y María Clara. Mis padres, quienes acababan de lle-

gar preocupados, la acompañaban al igual que otros vecinos. La noticia había corrido por todo el barrio a pesar de la hora. La luz roja de una patrulla revoloteaba en la oscuridad.

No entendía nada, absolutamente nada. ¿Fue un accidente? ¿Algo sobrenatural? Accidente no parecía, el mar estaba calmado y cuando la vimos metida en la luz de la luna caminaba tranquila, además, el lugar donde alcanzamos a verla por última vez no era profundo. Un hueco tal vez, pero nadie lo había visto o lo había sentido, todo era plano cincuenta metros a la redonda. Ella amaba y celebraba la vida como nadie. Aún me cuesta creerlo. Pero ¿y esas flores regadas en el mar? ¿Cómo habían llegado hasta allí? Eran muchas para que Martina sola las hubiera regado. ¿Y su ropa? ¿Por qué su ropa flotaba en el mar? ¿Acaso se bañaba desnuda? Tampoco lo creía posible conociendo lo que pensaba de la intimidad. Siempre repetía que por más confianza y libertad que uno tuviera, siempre debía dejar un espacio para la intimidad, porque los ritos íntimos le daban un misterio y un sentido especial a la vida humana. La intimidad es lo que uno realmente tiene. Quien no tiene intimidad no tiene nada, repetía con insistencia. Pero, ¿y entonces?, ¿qué pasó? No encontraba ninguna explicación coherente. Alejo y Cristóbal se sentaron a mi lado, cansados e impotentes por la búsqueda infructuosa. ¿Cuál había sido nuestro papel en el asunto? ¿Realmente era Martina mi novia? La verdad es que ella nunca me dijo que lo fuera. Tal vez me lo inventé. Tal vez solo lo fue en mi deseo. En mi pensamiento.

A mi lado, Alejo y Cristóbal lloraban a moco tendido… Estaban destrozados, tomaban puños de arena y los tiraban al piso y miraban y volvían a mirar hacia el mar, como esperando que pasara algo, pero nada.

Entonces me pregunté por ellos. ¿Qué significaban para Martina? ¿Había sido Cristóbal su novio? ¿Lo era? Nunca lo negó, pero tampoco lo afirmó.

Yo miraba a Cristóbal, pensaba en su sufrimiento. No lo vi tan mayor como siempre lo quise ver, era tal vez uno o dos años mayor que nosotros; tampoco le vi esa mirada de malo que puso para amenazarme el día que me pidió que no volviera a visitarla.

Y Alejo, ¿qué tenía con Martina? ¿Eran solo compañeros de clase? ¿Su mejor amigo? ¿Su confidente? ¿Qué fue lo que ocurrió ese día en el castillo de San Felipe? No entendía, pero ese día sentí que algo había pasado entre ellos.

¿Estaríamos todos engañados? ¿Será que todos creíamos ser novios de Martina sin que ella lo considerada así? Los volví a mirar y comprendí. Todos asumíamos tener una novia que comía flores, pero estábamos equivocados, Martina no era la novia de nadie, no era de ninguno, solo de ella misma y nos quería a todos, pero desde nuestra lógica no lo podíamos comprender.

XX.

(Alejo)

Nos quedamos en la playa hasta el amanecer. Tumbados en la arena húmeda, borrachos de luna, viendo la impotencia de policías, bomberos y familiares frente a ese mar colosal e infinito. No nos resignábamos, buscábamos una explicación que no existía.

Martina fue un espíritu libre. Libre como las barcas perdidas en el mar. Su primera virtud, su verdadera hermosura, más allá de sus trenzas de cobre o sus claros ojos o su inteligencia, fue su deseo de libertad. Era un ser auténtico que asumió la responsabilidad de ser lo que quiso ser.

La ropa se nos había secado encima. Me levanté y empecé a caminar sintiendo la arena deshaciéndose bajo mis pies mientras las olas retrocedían para luego volver.

Noté que Fabián y Cristóbal caminaban a mi lado.

Cada vez había menos gente. Un policía, dos bomberos, entre ellos un salvavidas, doña Clara (a María Clara y Carlos Mario, alguien se los había llevado a la casa), los papás de Fabián, unos pescadores intentando sacar la atarraya y unos cuantos curiosos más. Ya el sol empezaba a asomarse. Nos sentamos en uno de esos enormes troncos que el mar saca a la playa.

—No imaginan lo que duele perder a una novia —dijo Cristóbal de repente generando una sensación extraña. Fabián y yo nos miramos.

—Sí —dijo Fabián—. Debe doler mucho.

—No se lo deseo a nadie —agregué.

—Yo tampoco —concluyó Cristóbal.

Todos habíamos creído que teníamos una novia que comía flores, pero en realidad ninguno la había tenido. Y con el sol en el rostro empezamos a comprender nuestra insensatez. Martina no había sido de nadie sino de ella misma. Nos quiso a los tres con su espíritu libre. Fue en nosotros libremente, como debe ser.

Nunca hubo algo más difícil que ser libre y libertario en las cuestiones del amor. Se puede serlo ante la autoridad, el trabajo o la propiedad, pero ante los vaivenes del corazón no hay principio, norma o idea que se sostenga firme en su sitio. ¿Hay alguien más parecido a un esclavo que un enamorado? En nombre del amor, el ser humano mata, posee y somete a sus semejantes, al tiempo que es poseído por una fuerza o potencia que irrumpe no se sabe bien de dónde y lo arrastra hacia algún destino imposible de vaticinar. La posesión es la antítesis de la libertad. ¿Cómo puede uno ser verdaderamente libre cuando ama? Solo mediante una reinvención de la palabra amor. Martina parecía tenerlo bien claro. En ese momento entendimos, nos liberamos, y cada uno siguió su camino.

Después de las honras fúnebres que se hicieron en la misma playa con cientos de flores echadas en la marea, doña Clara se fue de la ciudad con lo que quedaba de su familia.

Con Fabián me seguí viendo en el colegio hasta que se graduó. No estudió historia, como le había dicho a Martina, sino medicina como querían sus padres.

Con Cristóbal me crucé una o dos veces más en la vida y nos saludamos como dos amigos del alma, con una emoción verdadera. Me contaron que tiene un taller de refrigeración, que se ha quedado calvo y que siempre anda como sucio debido a su trabajo.

Yo me dediqué a contar historias. Soy periodista e intento ser escritor, tengo tres lindas hijas que no comen flores, pero que cada día de la vida me recuerdan el espíritu de Martina.

Han pasado muchos años desde que salí de esta playa llorando a mares.

Me bajé del taxi en la calle 70 y tomé la cuarta avenida con su hilera de árboles olorosos que nos llevaban bajo su sombra hacia la playa. Al llegar, me sorprendió ver lo angosta que estaba la franja de arena en la que ese día hicimos la fogata, gran parte de ese espacio estaba ocupado ahora por dos enormes edificios de habitación. Bajé las escalinatas desgastadas por el salitre y caminé hacia la que un día fue la fantasmagórica casa al pie de la cual hicimos la fogata. Ahora era una hermosa y moderna casa de playa, con niños correteando alegres en una gran terraza y tres bronceadas mujeres y un hombre gordo estaba tomando el sol en camas de playa. Todo indicaba riqueza y bienestar. De la vieja y misteriosa casa no quedaba absolutamente nada.

Sentí un vacío extraño en el estómago y caminé hacia un formidable tronco, parecido al que ese día dejamos como testigo mudo de lo que había ocurrido. Me dejé caer sobre él, y, durante más de una hora, me quedé mirando ese mar por el que un día Martina se fue caminando hacia la luna.

XXI.

(Fabián)

El tiempo no es sino el espacio entre nuestros recuerdos. Me sorprendió cuando vi a Alejo allí, parado en la puerta de mi consultorio mirándome con esos ojos de nostalgia y de afecto. Nos dimos un gran abrazo. Ahora era un hombre muy alto y fuerte que vestía con algo de planeado descuido. Tenía una barba abundante y descuidada y muchas canas en su cabeza. Por la prensa me había enterado de sus éxitos como periodista y escritor.

Empezamos a rememorar historias, a preguntarnos cosas, a mirarnos con los ojos más brillantes de lo normal. ¿Qué cuántos hijos tienes?, ¿que dónde vives?, ¿cómo diste conmigo?, ¿y tú mamá?, ¿estás bien?, ¿te acuerdas de la cancha del barrio? Le decíamos la Bombonera, como la del Boca en Argentina. Le decíamos así porque ahí nadie nos ganaba.

—¿Te acuerdas?

—Claro, si ahí hice el primer gol de mi vida.

—¿Recuerdas que casi te delato con
doña Clara?

—Sí, el día que a Martina se le dio por ir a bailar jíbaro a la caseta

—¿Y por qué no lo hiciste?

—Ah, porque nunca pude ser sapo.

Nos contamos todas esas vicisitudes que uno se cuenta cuando hace mucho que no se ve con alguien que hace parte importante de su vida y de repente se lo encuentra. Yo estaba realmente emocionado de verle.

Deseé por un momento ser el jovencito que fui. Lleno de ilusiones, viendo la vida por delante, esperando sorpresas, sensaciones de esas que a veces me traen algunas canciones.

Don't touch me now
Don't hold me now
Don't break the spell darling
Now you are near

> *Look in my eyes and speak to me*
> *The special promises I long to hear...*

Escucho a Queen y algo me estremece, no sé explicarlo.

Me transporta a un mundo pasado que tal vez ni siquiera existió, pero que podría haber existido. Y casi se llenan mis ojos de lágrimas ahora que se aparece Alejo por aquí y vuelvo a soñar con lo que fue posible. Quizá sea eso, que ya no es posible. Antes lo era, o por lo menos eso creía.

> *We don't need no education*
> *We don't need no thought control*
> *No dark sarcasm in the classroom*
> *Teachers leave them kids alone*
> *Hey! Teachers! Leave them kids alone!*
> *All in all it's just another brick in the wall.*
> *All in all you're just another brick in the wall.*

Mi salón de clases del colegio, mis amigos, las reuniones, los libros, el Castillo de San Felipe, mi pandilla en bicicleta llegando al callejón sin salida de los Pinos, las idas a la playa, juegos, risas, las flores, las flores, las flores...

—Quiero escribir la historia de Martina.

—Nadie te va a creer.

—No importa.

—¿Y qué quieres de mí? —le pregunté.

—Que me acompañes a recorrer nuestra infancia, que me lo intentes contar todo desde tu punto de vista.

—¿Crees que es diferente al tuyo?

—No sé…, es lo que quiero saber.

—La vaina no es tan fácil. Recordar es volver a pasar por el corazón… Eso me dio muy duro y aunque traté de olvidarlo…

—No pudiste, yo tampoco.

—No, te lo voy a contar todo como lo recuerdo, aunque tal vez no haya sido así, porque me he dado cuenta que la memoria es mentirosa. Voy a empezar por el día que Martina se subió a la ruta escolar.

—Yo la había visto antes porque estaba en mi salón…

—Apenas la vi, la reconocí.

—Yo también.

—Era la misma que…

—No sigo, no sigo porque sería muy largo. Sí, me gusta la idea, quizá otro día cuente otros detalles.

—Ya no tengo aquella sensación de tristeza que tuve cuando empecé, pero debo seguir trabajando. Tengo pacientes esperándome.

—No te preocupes que voy a volver.

—Me divertí haciendo el relato. Pero la próxima nos vemos en otra parte, ¿te parece?

Hoy, después de inventar y reinventar este recuerdo, mis labios dibujan una nueva sonrisa recordando con cosquillas en el corazón a Martina, mi novia que comía flores.

XXII.

(Martina)

Solo quería ser mariposa, pero las espinas, las calles, las escaleras empinadas, las cosas duras, me fueron mostrando lo difícil que es volar.

Fui conociendo el mundo a mi manera, sin pedir auxilio, explorando la vida como una ciega, tropezando varias veces con la misma piedra.

Estoy aquí, en la misma playa gris, el viento azota el agua y acaricia mi rostro y las olas llegan a estrellarse contra las piedras de la orilla, mientras mi pie dibuja círculos en la arena como queriendo rastrear o desenterrar lo ocurrido esa noche.

Los vi a lo lejos y los reconocí de inmediato. Estaban conversando, sentados en el tronco eterno de la playa, que aún se mantiene allí, en el mismo lugar de siempre, a pesar del tiempo transcurrido. Alejo era el más alto y se veía interesante con esa barba descuidada. A Fabián le lucían bien esas canas y esa ropa deportiva. ¿De qué estarían hablando? ¿Acaso de mí? ¿Qué será de la vida de Cristóbal? Quise correr, abrazarlos y explicarles lo ocurrido, pero ya era demasiado tarde. Era mejor que no supieran nada.

Tomé a mis dos hijas de la mano y anduve hasta que el mundo entero se detuvo, había dejado de ser la que era y ya nunca iba a ser mariposa, por más flores que comiera.

Iván González García

Narrador, dramaturgo y gestor cultural. Es autor de los libros: La pelota Caliente, El Pagadiario, Napo, dale camino, Napo, El enemigo y Un viaje hacia ninguna parte. Ha sido maestro durante más de 20 años, Director del teatro Adolfo Mejía (Heredia) de Cartagena, coordinador del Sistema Nacional de Formación Artística y Cultural del Ministerio de Cultura, asesor de calidad de la Secretaría de Educación de Cartagena y coordinador Cultural y Artístico del Instituto Distrital para la Protección de la Niñez y Juventud de Bogotá.

www.ingramcontent.com/pod-product-compliance
Lightning Source LLC
Chambersburg PA
CBHW071758150726
47998CB00005B/1993